# Un ennemi si proche

MICHELLE SMART

# Un ennemi si proche

*Traduction française de*
ANNE DE RIVIÈRE-DUGUET

Azur

HARLEQUIN

*Collection :* Azur

*Titre original :*
A BRIDE AT HIS BIDDING


**HARPERCOLLINS FRANCE**
83-85, boulevard Vincent-Auriol, 75646 PARIS CEDEX 13
Service Lectrices — Tél. : 01 45 82 47 47

www.harlequin.fr

ISBN 978-2-2804-1295-7 — ISSN 0993-4448

# 1.

— Tout va bien ? demanda Andreas Samaras en entrant dans le bureau contigu au sien.

Après une journée passée en conférence téléphonique, il devait faire le point avec son assistante personnelle.

— Le monde va mal, répondit Debbie avec un soupir.

— Certes.

Le penchant de Debbie pour les déclarations théâtrales était célèbre dans toute l'entreprise. Andreas s'en serait vite lassé si elle n'avait été une excellente secrétaire.

— À part cela, y a-t-il autre chose que je devrais savoir ? Concernant l'entreprise, se hâta-t-il d'ajouter.

Il n'était pas d'humeur à entendre parler des ours polaires et de la fonte des glaces.

— Rien d'important.

— Bien. Comment se sont passés les entretiens ? Avez-vous dressé une liste restreinte de candidats ?

Rochelle, son assistante domestique, avait démissionné. La jeune femme se mariait et s'était rendu compte qu'un emploi exigeant de nombreux déplacements n'était pas compatible avec une vie de famille. Il avait proposé de doubler son salaire et d'augmenter ses jours de congé, mais elle avait refusé. Après avoir traîné les pieds pendant des semaines pour lui trouver une remplaçante, espérant qu'elle changerait d'avis, il avait fini par accepter sa défaite.

— J'ai retenu cinq candidatures, déclara Debbie en brandissant une pile de CV.

Andreas s'approcha. Il avait chargé Debbie des entrevues préliminaires. Elle savait exactement quel genre de personne il recherchait pour endosser ce rôle. La candidate retenue devrait le suivre dans tous ses déplacements et veiller à ce que sa vie privée se déroule de façon harmonieuse. Elle devrait être honnête, loyale, discrète et flexible, avoir d'excellentes références, un permis de conduire vierge et pas de casier judiciaire.

Andreas lui prit les feuillets des mains et les parcourut rapidement. Sur chaque candidature, il y avait une photo comme il l'avait exigé. Trois candidates accéderaient à la liste restreinte et il voulait se familiariser avec leur apparence avant de les rencontrer pour l'entretien final.

À côté de l'ordinateur de Debbie se trouvait la pile des candidatures rejetées. Celle du dessus attira son regard. Il y avait quelque chose de familier dans ce regard perçant…

— Pourquoi avez-vous rejeté cette candidature ? s'enquit-il en saisissant le CV pour mieux l'étudier.

Sur le petit cliché, deux yeux noisette le fixaient. Des yeux qu'il avait déjà vus, il en était certain.

Les sourcils froncés, Debbie haussa les épaules.

— Oh ! Caroline Dunwoody. L'entretien s'est bien passé, mais quelque chose en elle m'a mise mal à l'aise. Je ne saurais vous dire quoi. Un sentiment, rien de plus, mais j'ai préféré vérifier ses références. La première était bonne, mais la deuxième m'a paru suspecte. Elle disait avoir été gouvernante générale au Manoir Hargate pendant deux ans, comme l'attestait un courrier glissé dans son dossier. J'ai parlé au majordome qui avait signé la lettre et il a corroboré ses dires.

— Où est le problème, alors ?

— Le manoir Hargate n'existe pas.

Il leva un sourcil interrogateur.

— Comment ça, il n'existe pas ?

— Il n'y a pas de manoir Hargate dans un rayon de cent kilomètres à la ronde.

Il hocha la tête. Si Debbie disait que le manoir n'existait pas, il n'existait pas. Elle était la personne la plus minutieuse qui soit et jamais il n'aurait mis sa parole en doute.

Il scruta la photo de Caroline Dunwoody, tentant de se rappeler où il avait bien pu la rencontrer. Il avait la mémoire des visages mais, cette fois-ci, impossible de se souvenir. Ses cheveux châtain foncé encadraient un joli visage aux traits légèrement anguleux, un nez droit, des lèvres pleines et un petit menton en forme de cœur.

Et ces yeux, qu'il avait déjà vus auparavant.

Au moment où il s'apprêtait à demander à Debbie de fouiller dans le passé de cette femme, le puzzle se reconstitua dans son esprit.

Fouiller. Les journalistes adorent fouiller.

Carrie. Le diminutif de Caroline.

Carrie Rivers. La sœur journaliste de l'ex-meilleure amie de sa nièce.

La jeune femme n'était autre que la journaliste du *Daily Times*, connue pour avoir exposé les pratiques illégales de certains riches hommes d'affaires.

Andreas ne se serait jamais souvenu d'elle si la récente opération d'infiltration de Carrie Rivers n'avait pas concerné James Thomas, une vieille connaissance professionnelle. L'enquête avait révélé que l'entreprise de James cachait en réalité un trafic de drogue et d'armes. Le travail minutieux de Carrie avait condamné James à quinze ans de prison. Andreas s'en était réjoui et espérait que l'homme d'affaires pourrissait maintenant en prison.

La gorge nouée, Andreas fit une recherche Internet sur la jeune femme. Il n'y avait pas de photo d'elle en ligne, ce qui n'avait rien de surprenant, vu la nature de son travail.

Mais c'était bien elle. Il en était certain.

Il n'avait rencontré Carrie qu'une seule fois, trois ans auparavant, et de façon si fugace qu'il n'était pas étonné de l'avoir oubliée. En outre, elle était blonde à l'époque, avec des joues bien arrondies.

Ses yeux n'avaient pas changé, en revanche. Leurs regards s'étaient croisés lorsqu'il avait quitté le bureau de la directrice de l'internat de sa nièce. Carrie et sa sœur Violet attendaient dans le couloir d'être à leur tour reçues. En le voyant, Violet avait baissé la tête de honte, contrairement à Carrie.

Aucune des deux n'avait réalisé que c'était la dernière fois qu'elles étaient reçues dans le bureau de la directrice, et Violet avait été expulsée le jour même.

Trois ans plus tard, Carrie sollicitait auprès de lui un poste de domestique sous un autre nom et fournissait de fausses références pour l'occasion. Cela ne présageait rien de bon et il se demanda pourquoi elle l'avait ciblé. Son entreprise était saine, il payait ses impôts — personnels et professionnels — et suivait à la lettre le droit du travail. Les rares liaisons qu'il avait eues au fil des ans étaient consenties et discrètes. Il avait en effet toujours fait passer ses devoirs envers sa famille avant le plaisir. Désormais, libéré de ce poids, il comptait bien coucher avec le plus de jolies femmes possible.

Âgé de trente-sept ans, Andreas avait appris au moins une chose de la vie : il faut toujours régler les problèmes quand ils se présentent pour éviter qu'ils ne dégénèrent en catastrophe.

Comme un plan se formait dans sa tête, il adressa un grand sourire à Debbie.

— Je veux que vous appeliez Mlle Dunwoody pour lui proposer un deuxième entretien.

*
* *

Assise dans la spacieuse salle d'attente du siège londonien de l'entreprise Samaras Gestion de Fonds, Carrie prit une profonde inspiration. Son cœur battait la chamade et elle devait constamment essuyer ses mains moites sur ses cuisses.

Elle s'était réveillée le ventre noué et avait dû se forcer à avaler un peu de café, l'idée même de manger lui retournant l'estomac. Elle n'avait jamais ressenti une telle nervosité auparavant. Pourtant, elle allait bientôt se retrouver dans le bureau d'Andreas Samaras et devait impérativement contenir les sentiments qui menaçaient de la submerger.

Elle n'avait jamais souffert de stress lorsqu'elle avait enquêté sur James Thomas. Au contraire, elle s'était montrée calme et concentrée en recueillant les preuves dont elle avait besoin pour prouver ses crimes odieux et l'inculper. Le jour où James avait été condamné représentait pour elle le point d'orgue de trois années cauchemardesques.

Andreas n'avait peut-être pas fourni à sa sœur les drogues qui avaient détruit son jeune corps, mais il avait contribué à la descente aux enfers de Violet. Carrie avait l'intention de le lui faire payer. Aussi ne pouvait-elle pas se permettre de flancher maintenant…

Toutefois, elle ne pourrait procéder de la même manière qu'avec James Thomas. Il était de notoriété publique que ce dernier était un individu louche, méritant d'être l'objet d'une enquête approfondie. Obtenir l'autorisation de s'infiltrer parmi son personnel avait été simple, l'équipe entière du journal voulant l'arrestation de ce malfrat.

Le milliardaire grec, Andreas Samaras, investisseur et propriétaire de Samaras Gestion de Fonds, était en revanche au-dessus de tout soupçon. Rien dans son passé ni dans les informations qui circulaient à son sujet n'indiquait qu'il était malhonnête.

Un avis que Carrie ne partageait pas. Quand elle avait lu qu'il recherchait une assistante domestique, alors qu'elle venait tout juste d'inculper James, elle avait compris que son heure était arrivée.

S'infiltrer dans sa vie privée serait plus risqué que d'enquêter au sein de sa vie professionnelle, mais elle était prête. Cependant, pour obtenir l'accord de son journal, elle avait dû mentir… Quelques sourcils s'étaient levés, avant qu'elle obtienne le feu vert.

Les conséquences de son mensonge pourraient être catastrophiques. Si le journal apprenait qu'elle menait une vendetta, sa carrière serait finie. Le *Daily Times* n'était pas un torchon à scandale mais un journal sérieux dont la réputation n'était plus à faire.

Si Carrie décrochait ce poste, elle serait projetée dans l'univers personnel d'Andreas, au plus près de sa cible. Qui sait ce qu'elle découvrirait sur lui ? Lorsqu'elle avait infiltré le service comptable de James, elle connaissait sa vie de toxicomane avec une prédilection pour les jeunes filles, mais n'avait aucune idée alors de son implication dans le trafic d'armes. Andreas était l'ami de cet homme, et elle saurait bientôt dans quoi il trempait…

Les chances d'obtenir le poste étaient toutefois succinctes, elle le savait, même avec son CV truqué et ses références falsifiées. Sur le papier, elle paraissait la candidate idéale, mais le travail avait été bâclé pour respecter les délais impartis et elle ne pouvait s'empêcher de s'inquiéter des zones d'ombre que son CV comportait.

Le premier entretien avec l'assistante d'Andreas ne s'était pas bien passé et, en quittant le bâtiment, Carrie était certaine d'avoir échoué. Aussi, lorsqu'elle avait été convoquée à un deuxième entretien, elle avait été stupéfaite.

Et maintenant, tandis que le tic-tac de l'horloge résonnait à ses oreilles, lui revenait à la mémoire le regard haineux qu'Andreas lui avait lancé, la seule fois qu'ils s'étaient croisés.

*
* *

— Mademoiselle Dunwoody ?

Carrie sursauta, comme prise en faute. La jeune et jolie réceptionniste la fixait d'un regard interrogateur.

S'entendre appeler par sa véritable identité semblait étrange. Elle utilisait le nom de Rivers depuis si longtemps qu'il était devenu une partie d'elle-même. Elle l'avait endossé dès l'âge de quatre ans, parce que sa mère s'était remariée. Plus tard, elle avait trouvé judicieux de le conserver dans le cadre de sa carrière de journaliste d'investigation. C'était plus sûr.

Dans le cas présent, cette décision était fortuite. Car, si tout le monde la connaissait sous le nom de Carrie Rivers, elle était restée Caroline Dunwoody sur son acte de naissance et sur son passeport. Or, ce document lui serait utile pour les déplacements qu'elle devrait faire au côté de son nouveau patron et, Dieu merci, elle ne serait donc pas obligée de le falsifier !

— M. Samaras est prêt à vous recevoir.

Il l'avait fait attendre une heure, nota Carrie.

La gorge nouée, elle serra contre elle son sac à main et suivit la réceptionniste le long d'un vaste couloir dont les murs étaient ornés d'œuvres d'art contemporaines.

Il lui avait fallu des heures pour choisir la tenue idéale pour cet entretien. Elle avait voulu avoir l'air professionnel, mais sans chercher à copier le look qu'elle arborait habituellement. Elle avait fini par opter pour un petit haut crème en cachemire à col roulé, doté d'une multitude de petits boutons, un élégant pantalon gris et des escarpins noirs, qui la faisaient paraître plus grande et renforçaient sa confiance en elle. Pourtant, en cet instant, elle était loin de paraître assurée.

Une porte s'ouvrit, et Carrie fut admise dans un bureau deux fois plus grand que celui qu'elle partageait avec le reste de son équipe — et bien plus cossu aussi. Assis derrière un imposant bureau en chêne, Andreas Samaras travaillait sur l'un des trois ordinateurs qui lui faisaient face.

Carrie sentit son cœur bondir dans sa poitrine et, l'espace d'un instant épouvantable, elle fut tentée de faire demi-tour.

— Un instant, s'il vous plaît.

Sans lever les yeux, il avait parlé de cette même voix profonde et saccadée qu'il avait eue lors de leur seule conservation téléphonique, cinq ans plus tôt.

La sœur de Carrie et la nièce d'Andreas avaient été camarades de chambre à l'internat. Leur amitié s'étant approfondie, elles avaient rapidement voulu passer leurs week-ends et vacances ensemble. Andreas avait appelé Carrie pour établir quelques règles et convenir d'une organisation. Tous deux étaient d'accord sur beaucoup de choses et avaient de nombreux points communs. Après une seule et unique conversation téléphonique, ils s'étaient contentés d'échanger des textos, afin de fixer les rendez-vous entre les jeunes amies. Tout s'était bien passé, jusqu'à ce qu'Andreas manigance l'expulsion de Violet.

Il releva enfin la tête, puis repoussa sa chaise et se leva. La haute stature de cet homme renforçait sa virilité.

— C'est un plaisir pour moi de vous rencontrer, mademoiselle Dunwoody.

Elle fixa la grande main qu'il lui tendait et se força à la saisir.

— Asseyez-vous, dit-il aimablement en se renfonçant dans son fauteuil.

Elle sentait encore le contact brûlant de sa peau alors qu'elle prenait place face à lui.

Il était peu probable qu'il l'ait reconnue, mais elle avait appris à ne jamais rien tenir pour acquis. Physiquement, elle avait beaucoup changé depuis leur brève entrevue devant le bureau de la directrice. Le stress lui avait fait perdre plusieurs kilos, ce qui avait modifié son apparence et sa silhouette. Et elle avait abandonné sa quête du Graal — la teinte blonde idéale — pour reprendre sa couleur naturelle.

Andreas la dévisageait d'un air pensif, tout en tenant ce qui devait être sa candidature à la main. Bien que mal à l'aise, elle soutint son regard, avant de rougir sous l'effet de la masculinité qu'il exsudait.

La gorge nouée, Carrie déglutit. Malgré les agissements dont il était coupable, Andreas était d'une beauté à couper le souffle. Il avait d'épais cheveux bruns, éclairés par le soleil et retombant en mèches souples sur son front, de hautes pommettes, un menton aux lignes fermes recouvert d'une barbe naissante et un nez fin et légèrement tordu qui lui conférait un air viril. Son teint hâlé accentuait son expression dure. Il était l'homme le plus sexy qu'elle ait jamais vu.

— Félicitations pour avoir réussi l'entretien préliminaire, dit-il dans un anglais parfait, empreint d'un léger accent.

Carrie avait lu quelque part qu'il avait appris l'anglais dans son pays natal et l'avait perfectionné lors de ses années universitaires aux États-Unis.

— Je vais être honnête avec vous, ajouta-t-il. Vous êtes ma candidate préférée.

— Vraiment ? demanda-t-elle.

— Mais avant d'entrer dans les détails du poste, j'aimerais en savoir plus sur vous, ajouta-t-il, les yeux pétillants.

Elle sourit, cherchant à dissimuler sa peur. Avait-il repéré les failles de son CV ?

— Que voulez-vous savoir ?

— Un CV et une lettre de recommandation ne donnent qu'un aperçu de la personne. Si je vous confie ce travail, nous passerons beaucoup de temps ensemble. Vous serez mon bras droit pour tout ce qui concerne ma vie domestique et donc au courant de mes secrets les plus intimes. Alors, mademoiselle Dunwoody… Puis-je vous appeler Caroline ?

Elle acquiesça. La seule personne à l'avoir jamais appelée Caroline était sa mère, mais jamais sur un ton aussi chantant.

— Si je vous confie ce poste, Caroline, je devrai vous faire confiance et être sûr que nous travaillerons de concert.

Sa pose détendue, sa voix pétillante et l'amusement qui animait ses beaux traits la rassurèrent. Il ne se doutait de rien, pourtant tout danger n'était pas écarté. Son instinct lui dictait d'ailleurs de prendre ses jambes à son cou.

— Êtes-vous mariée ou avez-vous un conjoint ? Je vous pose la question, car vous passerez beaucoup de temps loin de votre famille. Vous n'aurez pas beaucoup de temps libre pour mener votre vie privée.

— Je suis célibataire, assura-t-elle.

Et cela ne risquait pas de changer. Car elle avait appris très jeune qu'on ne pouvait pas faire confiance aux hommes.

— Des enfants ?

Elle secoua la tête, songeant aussitôt à Violet, qu'elle aimait comme sa propre fille.

— Des animaux domestiques ? Chien, chat, poisson rouge ?

— Non.

— Bien. Je ne vous présente pas d'excuses. Je suis un employeur exigeant et ce travail est très prenant. Que vous en a dit Debbie, durant l'entretien préliminaire ?

— Qu'il impliquait la gestion quotidienne de vos divers lieux d'habitation.

Il inclina la tête d'un air songeur.

— C'est effectivement la description du poste, mais il s'agit plutôt de la gestion quotidienne de mes besoins personnels. Vous ne serez pas tenue d'effectuer des tâches manuelles ; j'emploie du personnel pour ça. Mais je passe de longues heures au bureau et, lorsque je suis chez moi, j'aime bénéficier d'un certain confort. Il me faut quelqu'un qui comble mes besoins — me sert mes boissons, prépare mes vêtements, s'assure qu'une serviette est à ma disposition si je pratique une activité physique, ce genre de choses.

Ce n'était pas une assistante de maison que cet homme voulait mais une esclave. Bien qu'outrée, Carrie se garda de faire la moindre remarque.

— En contrepartie, j'offre un salaire très généreux.

Il mentionna alors un chiffre exorbitant, quatre fois supérieur à ce qu'elle gagnait au journal. Tout véritable candidat se serait jetté sur l'occasion.

Posant un coude sur le bureau, il se pencha vers elle pour la fixer intensément. Décidément, ses yeux étaient surprenants. La teinte marron clair leur conférait une réelle profondeur.

S'il lui offrait le poste, elle devrait se montrer prudente tant qu'elle vivrait sous son toit. Cet homme était dangereux.

— Pour finir, j'ai une dernière exigence vis-à-vis de la personne qui obtiendra le poste.

— Oui ?

— J'exige quelqu'un d'un naturel joyeux.

Elle ferait alors aussi bien de s'en aller, songea Carrie. Comment pourrait-elle se montrer gaie avec l'homme qui avait causé tant de dégâts autour de lui ?

— Je veux dire par là que je subis bien assez de stress dans ma vie professionnelle. Lorsque je rentre chez moi, j'aime être accueilli avec le sourire et ne souhaite pas être ennuyé avec des broutilles. Êtes-vous capable de sourire ?

Il avait parlé avec une telle candeur que Carrie ne put s'empêcher de sourire.

— Beaucoup mieux, approuva-t-il, les yeux soudain illuminés.

Puis il se renfonça dans son fauteuil en croisant les

bras. Les poignets légèrement relevés de sa chemise dévoilèrent quelques poils sombres.

— Je crois que nous allons bien nous entendre. Le poste est à vous, si vous le voulez.

Stupéfaite, elle sentit les battements de son cœur redoubler. Jamais elle ne se serait attendue à ce que ce soit si facile…

C'était même trop facile.

Non seulement Andreas était l'un des hommes les plus riches du monde, mais il était connu pour son intelligence hors du commun. Pourquoi lui avait-il donné ce poste si vite, quinze minutes seulement après le début de leur entretien ?

— Voulez-vous accepter ce poste ? s'enquit-il, rompant le silence qui s'était installé.

Tout cela était étrange.

— Oui, acquiesça-t-elle en s'efforçant d'avoir l'air enthousiaste. Merci beaucoup.

— Bien. Avez-vous pensé à apporter votre passeport ?

— Oui.

La lettre qu'elle avait reçue avait été très claire là-dessus. Il voulait sans doute en faire une copie pour son dossier.

Andreas se leva.

— Eh bien, allons-y. L'avion nous attend.

Carrie le dévisagea, abasourdie.

— Pardon ?

— La lettre qui vous a été envoyée indiquait que la candidate choisie commencerait tout de suite.

— Oui, c'est vrai…, admit-elle, bouleversée. Partons-nous à l'étranger maintenant ?

Cette lueur dont elle commençait sérieusement à se méfier étincela à nouveau dans son regard.

— Oui, tout de suite. Avez-vous un problème avec ça ?

— Aucun, assura-t-elle en se levant à son tour.

Elle avait décroché le poste et ne voulait pas lui donner matière à revenir sur sa décision.

— C'est juste que je n'ai pas de vêtements de rechange avec moi.

— On vous fournira tout ce dont vous aurez besoin sur place. Indiquez votre taille à Debbie en partant.

— Où allons-nous ?

— Dans une de mes propriétés où il ne pleut pas.

Là-dessus, il ouvrit la porte de son bureau et l'entraîna à sa suite.

# 2.

Dans son jet privé, Andreas était assis à son bureau. Son ordinateur portable devant lui, il travaillait.

Il jeta un coup d'œil à Carrie. À quelques mètres de lui, la jeune femme parcourait l'épais dossier contenant les détails du fonctionnement de ses nombreuses demeures. Un travail particulièrement fastidieux, il devait en convenir.

Toutes ses propriétés étaient listées sauf une — celle où ils se rendaient.

— Sur laquelle devrais-je me concentrer ? lui avait-elle demandé lorsqu'il lui avait tendu le dossier, lui faisant comprendre qu'il ne l'avait pas informée de leur destination.

— Toutes. Je vous ferai passer un test à l'arrivée, avait-il ajouté en souriant.

— Et ce sera dans combien de temps ?

Il jeta un coup d'œil à sa montre.

— Dans approximativement onze heures.

Elle avait cligné des yeux, sans rien ajouter toutefois. Il avait vu ses pensées défiler dans sa tête et s'était amusé de la voir retenir ses questions.

Leur entrevue lui avait plu, également, bien plus qu'il ne l'aurait imaginé. Savoir qu'il l'avait percée à jour avant même qu'elle ne mette les pieds chez lui le comblait de joie. Et ce sentiment supplantait la colère qui l'avait submergé lorsqu'il avait découvert le pot aux roses. Une bonne chose, car il avait besoin de sérénité pour déjouer les plans de cette vipère.

Il s'était dit que la faire sortir du pays et l'emmener le plus loin possible de son environnement familier était le meilleur moyen de procéder. Il fallait la désorienter, la mettre à l'épreuve, sans même qu'elle s'en rende compte. Lorsqu'elle serait enfin chez lui, incapable de s'échapper ou de communiquer avec le monde extérieur, il la sommerait de s'expliquer. Il avait fait sa propre enquête auprès de ses contacts dans les médias, mais sans succès. Personne n'était au courant du moindre scandale le concernant.

Les raisons qui avaient poussé Carrie à agir ainsi devaient être personnelles. Après tout, leurs chemins s'étaient déjà croisés et la coïncidence était trop grande. Il découvrirait ses motivations en temps utile mais, plutôt que de la questionner tout de suite, il s'amuserait d'abord à ses dépens. Qu'elle souffre un peu. C'était bien mérité, non ?

Carrie le croyait-elle vain au point d'exiger qu'on prenne soin de lui à plein temps ? Certes, il aimait le confort, mais il n'était pas pour autant un enfant gâté. Il avait vu son air outré lorsqu'il lui avait listé les tâches qui lui incomberaient — tâches inventées pour tester sa réaction. Durant les prochains jours, il endosserait le rôle de l'homme qu'on dorlote.

Elle en détesterait chaque minute.

Il en apprécierait chaque seconde.

Il la vit repousser le bloc sur lequel elle avait griffonné quelques notes pour extirper son portable de son sac à main. Puis, elle s'écarta légèrement de lui et l'alluma. L'instant d'après, elle poussait un soupir d'exaspération.

Andreas sourit, savourant sa frustration silencieuse. Il traitait des informations sensibles, et l'accès au réseau de son jet privé nécessitait un mot de passe. Combien de temps lui faudrait-il avant qu'elle lui demande le code ?

Il attendit trois heures — une durée plus que respectable.

— Pourrais-je avoir le mot de passe wi-fi ?

— Je croyais que vous n'aviez de comptes à rendre à personne, dit-il d'une voix indolente, savourant la brusque rougeur qui colorait ses joues.

— Effectivement, assura-t-elle après une légère hésitation. Je voulais simplement consulter mes e-mails.

— Vous attendez un message important ?

Le feu aux joues, elle secoua la tête.

— Ne vous inquiétez pas. Je les consulterai plus tard.

Carrie Rivers ou Caroline Dunwoody, quel que soit son nom, avait un très joli cou. Il avait vu sur sa photo qu'elle était jolie mais, en chair et en os, elle l'était bien plus. Ses traits semblaient plus doux et sa peau était dorée et soyeuse.

Il se remémora la jeune femme qu'il avait aperçue trois ans plus tôt ; elle était plus ronde alors. Au moment où ils s'étaient croisés, il était bien trop furieux pour faire attention à elle. En fait, il n'avait jamais été aussi en colère que ce jour-là. Il était rentré tôt la veille, après un de ses rares dîners en ville et avait trouvé sa nièce et sa meilleure amie le nez dans l'alcool et la drogue. Sans parler de la suite...

Être le tuteur d'une adolescente orpheline n'avait jamais été facile, mais cette découverte l'avait bouleversé. Il avait reçu un choc — comme la nuit où on lui avait annoncé que sa sœur et son beau-frère étaient décédés, comme le jour où il avait appris le désastre financier de ses parents.

Où était le manuel qui expliquait comment gérer sa nièce sur le point de devenir toxicomane ? Il n'avait pas toutes les clés. Quelque temps après, la meilleure amie de sa nièce avait débarqué dans sa chambre au beau milieu de la nuit, nue, pour le séduire ! Où Violet avait-elle appris ce genre de comportement ? se demanda-t-il une nouvelle fois. De sa grande sœur ? La femme réservée, assise non loin de lui, était-elle aussi dévergondée que sa cadette ?

Malgré ses efforts, il n'avait pas réussi à découvrir quoi que ce soit d'important sur Carrie. Le site web du *Daily Times* listait ses distinctions et ses succès, mais rien de personnel. Il savait son âge uniquement en raison de leurs liens passés. Vingt-six ans. Un âge étonnamment jeune pour un palmarès aussi prestigieux. Il avait fallu à la jeune femme faire preuve de détermination et de dévouement pour réussir, qualités qu'il aurait admirées si cette pugnacité n'avait pas été maintenant dirigée contre lui. Contrairement aux hommes qu'elle avait démasqués, Andreas n'avait rien à se reprocher. Alors pourquoi s'intéressait-elle à lui ? S'agissait-il d'une vengeance personnelle ?

Quelles que soient les motivations de Carrie, il les découvrirait et empêcherait la jeune femme de lui nuire.

*Garde tes amis près de toi, et tes ennemis encore plus près.*

Le célèbre proverbe prenait tout son sens. Oui, il garderait Carrie tout près de lui, jusqu'à ce qu'il découvre la vérité…

Il faisait nuit lorsque l'avion atterrit. Les orages que Londres subissait en ce début de printemps ne furent bientôt plus qu'un lointain souvenir pour Carrie. À peine eut-elle mis le pied dehors qu'elle se trouva plongée dans une chaleur inimaginable. Retirant sa veste, elle leva les yeux vers un ciel scintillant d'étoiles.

— Où sommes-nous ?

Après avoir lu le dossier qu'Andreas lui avait fourni, elle avait cru qu'ils se rendaient à Tokyo.

— Aux Seychelles. Bienvenue à Mahe, la plus grande île de l'archipel.

Elle fronça les sourcils. Comment avait-elle pu faire

l'impasse sur cette propriété des Seychelles ? Elle avait pourtant lu le dossier trois fois de suite.

— C'est un de mes secrets les mieux gardés, souffla-t-il à son oreille, la fraîcheur acidulée de son onéreuse eau de Cologne l'enveloppant tout entière.

Carrie s'écarta d'un pas, mal à l'aise.

— Quelle heure est-il ?

— 1 heure du matin. Nous devons effectuer un court vol à bord de mon hélicoptère avant d'atteindre la maison.

Ils passèrent rapidement la sécurité et, vingt minutes plus tard, ils embarquaient à bord d'un hélicoptère rutilant.

— Êtes-vous déjà montée dans un hélicoptère ? lui demanda Andreas en prenant place à côté d'elle.

L'appareil était vide, constata Carrie, agacée, en fixant malgré elle la cuisse d'Andreas. Pourquoi devait-il s'asseoir juste à côté d'elle ?

Pour toute réponse, elle secoua la tête.

— C'est une expérience agréable et le moyen le plus rapide d'atteindre mon île.

— Votre île ?

— C'est plus une péninsule qu'une île, corrigea-t-il, mais, oui, elle m'appartient.

Stupéfaite, Carrie retint un soupir. Déjà, dans le vacarme des rotors, l'hélicoptère s'élevait dans les airs.

Elle ne savait rien de tout cela. À côté de quoi d'autre était-elle passée, dans son enquête minutieuse au sujet d'Andreas ? En quel nom avait-il acheté cette propriété ? S'agissait-il d'une société écran ? Elle creuserait la question dès qu'elle aurait un peu d'intimité et une réception Internet décente. Elle devait faire le point avec son éditeur et lui indiquer où elle se trouvait. Mais pas avant d'avoir pris une douche et dormi un peu. Elle portait les mêmes vêtements depuis le matin, n'ayant jamais imaginé qu'elle finirait la journée aux Seychelles.

Contrairement à elle, Andreas s'était douché et avait enfilé un pantalon gris clair et une chemise blanche.

Elle détourna son attention du corps puissant si proche du sien et dont les effluves acidulés lui parvenaient. Une douche fraîche lui ferait le plus grand bien !

Un mouvement brusque de l'appareil projeta soudain Andreas contre elle, la tirant de ses pensées. Elle ressentit un choc si puissant qu'elle se figea.

Pendant un long moment, elle ne put respirer.

— Il n'y a pas lieu de s'inquiéter, murmura Andreas en couvrant bientôt sa main de la sienne. Ce ne sont que quelques turbulences.

Carrie hocha la tête, essayant désespérément d'instiller une pensée cohérente dans son esprit embrumé. Lorsqu'il relâcha sa main, elle souffla enfin.

Par chance, Andreas ignorait que son trouble était dû non pas à l'agitation de l'hélicoptère mais plutôt à l'effet qu'il exerçait sur elle.

Le regard tourné vers le hublot, elle se concentra sur la vue. Elle avait toujours voulu voler en hélicoptère, après tout. Autant en profiter !

Violet aussi, se souvint-elle. Enfant, sa sœur était si excitée lorsqu'elles allaient se promener avec leur mère et apercevaient des hélicoptères dans le ciel. Elle agitait frénétiquement ses petits bras potelés, convaincue que les pilotes répondaient à son salut.

Que faisait Violet, en ce moment même ? Sa sœur se trouvait en Californie depuis trois mois maintenant, le chemin de la guérison s'avérant un processus lent et fragile. Carrie l'avait appelée quelques jours plus tôt, et leur conversation hebdomadaire avait été aussi laborieuse que d'habitude. Carrie peinait à trouver les mots justes, depuis que Violet était sortie du coma. C'était un peu comme si elle parlait à une étrangère. La petite fille qui avait suivi sa sœur comme son ombre dès l'instant où elle avait pu marcher à quatre pattes était partie. En vérité, elle était partie depuis longtemps, et le souvenir des bons moments envolés déchirait le cœur de Carrie.

Refoulant ses larmes, Carrie inspira profondément. La lune était lumineuse, dehors, lui permettant de voir le petit monticule au milieu de l'Océan indien qu'ils approchaient. Ils survolèrent une plage étincelante de blancheur dans la nuit. Bientôt, la silhouette d'une grande maison sortit de l'ombre, et le pilote posa l'appareil.

Andreas descendit le premier, puis tendit une main à Carrie. Il la fixait d'un regard si ardent qu'elle sentit les battements de son cœur redoubler. Le contact de sa peau la fit frémir.

— Merci, marmonna-t-elle, heureuse que la pénombre dissimule à son regard ses joues empourprées.

— C'était un plaisir.

Il caressa sa main du bout des doigts puis remonta dans l'hélicoptère pour parler au pilote.

Restée seule, Carrie inhala le parfum enivrant de fleurs invisibles. La brise provenant de l'océan avait balayé la moiteur, et une douce chaleur caressait sa peau. L'espace d'un instant, elle ferma les yeux pour savourer cette sensation merveilleuse.

Soudain, des lumières s'allumèrent dans le jardin et la villa d'Andreas apparut dans toute sa splendeur. La demeure ne comptait que deux étages, mais était étonnamment vaste. Elle ressemblait à un temple bouddhiste en pierres blanches, ceint d'un large porche rouge foncé. Des tuiles de toiture de même couleur donnaient un air accueillant à un bâtiment qui, sans cela, aurait pu être austère.

Andreas l'avait rejointe, à présent. Carrie sentait son regard posé sur elle, comme s'il attendait une réaction de sa part. Que dirait une véritable employée ? Elle décida de se montrer franche.

— C'est magnifique.

— N'est-ce pas ? approuva-t-il. Attendez de voir la villa à la lumière du jour. J'en suis tombé amoureux après l'avoir vue en photo. Je cherchais une maison de vacances et j'ai trouvé l'endroit idéal. Je peux fuir la vie trépidante, tout en sachant qu'il y a des gens et une vie nocturne à un jet de pierres d'ici.

— C'est votre maison de vacances ?

— Oui, répondit-il, l'air surpris. Qui voudrait conduire ses affaires dans un tel paradis ?

— Combien de temps resterons-nous ici ?

— Pourquoi ? Vous devez vous rendre quelque part ?

— Non, c'est juste que…

— Détendez-vous, la coupa-t-il. Je vous taquine. Je sais que vous n'avez pas d'autres engagements, sans quoi vous l'auriez indiqué dans le formulaire de candidature. Nous resterons ici un certain temps. Je n'ai pas eu de vraies vacances depuis longtemps et j'ai besoin de me ressourcer.

De son côté, Carrie n'avait pas pris de congés depuis au moins une décennie ; cela remontait à deux ou trois ans avant le décès de sa mère. Mais elle n'était pas venue ici pour s'amuser. Son travail consistait à s'assurer du bon fonctionnement de cette superbe demeure et à satisfaire les lubies de son propriétaire, tout en effectuant son propre travail. Quels secrets d'Andreas découvrirait-elle dans cette maison ? Peut-être aucun.

Alors qu'elle s'attendait à ce qu'un membre du personnel vienne les accueillir, elle fut un peu déconcertée de trouver la maison silencieuse. Certes, c'était le milieu de la nuit, mais les domestiques ne seraient tout de même pas allés se coucher avant l'arrivée de leur patron ? Chaque demeure comptait pourtant au moins trois employés…

— Je vais vous faire visiter rapidement avant de vous montrer nos chambres, annonça Andreas en ouvrant la marche.

Il passa une porte en arc brisé et s'arrêta dans une pièce.

— Voici la salle de séjour.

Faisant fi de ses appréhensions, Carrie admira la beauté de la maison, qui était aussi luxueuse qu'accueillante. Les hauts plafonds et les murs blancs étaient réchauffés par un carrelage en mosaïque aux motifs complexes, ainsi que par une immense table en acajou polie, dans la partie salle à manger. La cuisine, quant à elle, devait être aussi grande qu'un étage entier de la maison de Carrie.

— Voici le domaine de Brendan, l'informa-t-il.

— Brendan est votre chef cuisinier ?

— Oui. Si vous avez faim, je peux l'appeler et il vous préparera un repas léger.

— Ce n'est pas nécessaire, merci.

Elle avait mangé régulièrement pendant le trajet, des repas lui ayant été apportés par le personnel de cabine.

— Si vous avez besoin de quelque chose durant la nuit, vous n'aurez sûrement aucun mal à vous débrouiller. Je présume que la cuisine fonctionne comme une cuisine normale.

— Vous présumez ?

— J'emploie du personnel pour ne pas avoir à me soucier de ce genre de choses, expliqua-t-il avec une grimace.

— Quand avez-vous utilisé une cuisine pour la dernière fois ? ne put-elle s'empêcher de demander.

Andreas ne devait pas apprécier que ses employés lui posent des questions.

— Durant mes études, aux États-Unis, répondit-il cependant avec gentillesse. Je me suis alors rendu compte que j'étais nul en cuisine. J'ai donc pris un travail comme serveur dans un restaurant italien — mon patron était ravi de me donner à manger. Je n'ai jamais fait la cuisine depuis.

— Un restaurant italien ?

— Il n'y avait pas de restaurant grec correct là où j'habitais. Il y avait bien un bar à tapas mais ils ne faisaient pas le petit déjeuner, donc j'ai opté pour le restaurant italien.

Poursuivant son chemin, il gravit avec nonchalance l'escalier jusqu'au premier étage. Carrie le suivit, étouffant un bâillement. Cette longue journée de voyage commençait à avoir raison d'elle.

— Voici ma chambre.

Andreas ouvrit une porte, révélant une pièce aussi vaste que la cuisine et contenant tout ce qu'un milliardaire gâté pouvait désirer. Carrie hésita sur le seuil, réticente à entrer, jusqu'à ce qu'il l'encourage d'un signe de la main.

— Ne soyez pas timide, Caroline. Vous allez devoir vous familiariser avec ma chambre.

Se familiariser avec sa chambre ? Tout ce qu'elle voyait était l'immense lit débordant d'oreillers. Elle imaginait déjà Andreas nu entre les draps en satin bleu marine.

Elle tenta de refouler ces images sulfureuses. Que lui arrivait-il, bon sang ? Andreas dégageait une telle sensualité, dans chacun de ses gestes, chacun de ses propos, qu'elle se sentait soudain en danger auprès de lui.

Elle avait vraiment besoin d'une bonne nuit de sommeil.

— Quels autres employés travaillent ici ?

Une fois qu'elle aurait fait connaissance avec l'ensemble du personnel, elle n'aurait plus cette impression d'être seule avec son patron. Elle ne se sentirait plus piégée dans une cage dorée dont seul Andreas possédait la clé.

Tout s'était passé si rapidement qu'elle ne savait plus que penser. Alors qu'en pleine nuit elle découvrait la chambre d'Andreas, dans sa maison mystère, ses doutes refaisaient surface.

— J'ai hérité de la plupart des employés quand j'ai acheté la maison. Enrique et son fils aîné s'occupent des jardins et Sheryl, sa femme, fait le ménage, aidée par certaines de ses amies. Ils savent tout ce qu'il faut savoir sur la maison, la péninsule et même les Seychelles.

— Où logent-ils ? Y a-t-il un étage dédié au personnel ?

— Absolument pas. Brendan et ses aides cuisiniers habitent dans une maison sur la propriété ; les autres employés vivent tous sur l'île principale.

— Qui donc vit dans cette maison ? demanda Carrie, la gorge brusquement nouée.

Elle ne pouvait pas être la seule personne à vivre sous le toit qu'Andreas, tout de même ?

— Nous deux. Vous et moi, précisa Andreas.

— Seulement vous et moi ?

— Oui.

Ses yeux ne brillaient pas, ils étincelaient.

— Tant que nous serons dans ce lieu paradisiaque, la nuit n'appartiendra qu'à nous deux.

# 3.

Andreas s'amusait beaucoup devant les efforts que déployait Carrie pour cacher son effroi. De toute évidence, elle était paniquée à l'idée de demeurer en tête à tête avec lui.

— J'ai acheté cette maison pour échapper à la frénésie du monde. Tant que vous êtes là pour satisfaire mes besoins, *matia mou*, je n'ai besoin de rien d'autre. Considérez cela comme une douce entrée en matière. Vous n'aurez rien d'autre à faire que de vous concentrer sur moi, et nous pourrons en même temps apprendre à mieux nous connaître.

Les yeux écarquillés, elle blêmit.

Normal, songea Andreas. Carrie ne voulait sûrement pas qu'il sonde sa vie privée et découvre qu'elle lui mentait.

Il ne pouvait qu'admirer son sang-froid. Malgré le tumulte de ses émotions, elle demeurait imperturbable. S'il n'avait pas deviné sa véritable identité, il ne se serait aperçu de rien. Il l'aurait prise pour une jeune femme discrète et réservée.

— Allons voir votre chambre, maintenant. Vous la trouverez très convenable, je pense.

Mais pas autant que celle de Rochelle, sa précédente assistante. Cette dernière avait été installée à l'autre bout de la maison, lui offrant ainsi une certaine indépendance.

Carrie n'aurait pas cette chance. Il n'avait pas l'intention de lui octroyer la moindre intimité tant qu'elle vivrait sous son toit. Au contraire, il lui imposerait des tâches qu'il n'aurait jamais osé exiger d'une véritable employée.

Andreas tourna la poignée d'une porte, cachée au milieu du mur gauche de sa chambre. Elle s'ouvrait sur une toute petite pièce contiguë à la sienne.

— Vous voyez ? Vous avez tout ce qu'il vous faut : un lit, une coiffeuse, une penderie et votre propre salle de bains.

Mais pas de télévision ou autre forme de loisir. Andreas comptait bien être la seule source de divertissement de Carrie durant son séjour.

La couleur qui teintait les jours de Carrie était due cette fois à la colère, mais elle se contint lorsqu'elle lui demanda :

— Ma chambre jouxte la vôtre ?

— Comment voulez-vous répondre à mes besoins si vous êtes à l'autre bout de la maison ? Les précédents propriétaires se servaient de cette chambre comme nurserie. Elle est certes un peu petite car elle a été conçue pour un tout jeune enfant, mais elle est parfaitement convenable, je vous assure.

Convenable pour un bébé ou un bambin, mais pas pour une femme, aussi mince fût-elle. Il avait projeté de transformer la pièce en dressing mais, heureusement, il n'en avait pas eu le temps.

— Où est le verrou ?

— Il n'y en a pas. Ce sera facile pour vous d'aller et venir entre nos deux chambres. Mais ne vous inquiétez pas, ajouta-t-il avec un clin d'œil. Je suis un gentleman et je n'entre dans la chambre d'une femme que si j'y suis invité.

Et si elle était tentée d'entrer dans sa chambre sans y être invitée, ce qu'elle comptait indubitablement faire puisqu'elle était ici pour fureter, les microscopiques caméras qu'il avait disséminées un peu partout dans sa chambre et à travers la maison filmeraient chacun de ses gestes.

Il avait même pensé mettre des caméras dans la chambre de Carrie, mais avait renoncé au dernier moment. Il y avait une ligne de conduite à respecter.

— Vous êtes fatiguée, je vois. Avez-vous des questions à poser avant que nous nous retirions pour la nuit ?

Elle secoua la tête. Ses lèvres pincées, pleines et sensuelles, indiquaient qu'elle était un peu dépassée par les événements. Quoi de plus normal ? Lorsqu'elle était entrée dans ses bureaux de Londres le matin même, elle ne pouvait deviner qu'elle terminerait la journée aux Seychelles, coupée du monde. Cette situation inattendue la rendait vulnérable.

Pas question pour lui de compatir : Carrie était un vautour. Un très joli vautour, certes, mais dont il devait se méfier. Elle méritait tout ce qui allait lui arriver.

— Dans ce cas, je vous souhaite une bonne nuit. Les vêtements que je vous ai promis sont arrivés, et Sheryl les a rangés dans l'armoire pour vous. Je pense qu'ils vous conviendront. Et n'oubliez pas…

Elle leva un joli sourcil.

— J'aime être accueilli par un sourire.

Il ferma la porte, riant intérieurement de la réaction qu'elle ne manquerait pas d'avoir devant les tenues qu'il avait sélectionnées pour elle. Il commençait tout juste à s'amuser.

Stupéfaite, Carrie jeta le contenu de sa nouvelle garde-robe sur le petit lit étroit. Elle s'était attendue à recevoir des tenues semblables à celles des femmes de chambre officiant dans les hôtels, pas des vêtements tels que ceux-ci. Sa penderie et sa commode étaient remplies de robes d'été légères, de petits hauts, de shorts ultra-courts, de bikinis et de sarongs. Il y avait des sous-vêtements aussi, du genre noir à dentelles.

Chaque article était griffé.

Le feu aux joues, elle saisit une culotte, se demandant si Andreas avait choisi les vêtements personnellement.

Mais comment aurait-il pu ? Il ne l'avait pas quittée depuis ce matin. Ce devait être son assistante, à qui elle avait donné ses mensurations avant leur départ pour l'aéroport.

À la fois consternée et mal à l'aise, Carrie glissa une main dans ses cheveux. Quelque chose clochait. Pire encore, il n'y avait pas de liaison Internet et son signal téléphonique était inexistant. Le texto qu'elle avait écrit à son éditeur moins d'une heure auparavant était toujours en attente de transmission.

Qui savait qu'elle était ici en dehors d'Andreas et de son assistante, Debbie, de son personnel navigant et de ses employés de maison seychellois ? Personne.

Fatiguée, elle se frotta les yeux. Peut-être s'inquiétait-elle pour rien. La journée avait été longue, et elle tombait de fatigue, ce qui expliquait sans doute son angoisse.

La lettre la conviant à sa deuxième entrevue avait pourtant indiqué qu'elle commencerait tout de suite son travail. C'était sa faute si elle n'y avait pas cru.

Elle était exactement là où elle voulait, avec un plus grand accès à Andreas que dans ses rêves les plus fous. Mais lui aussi avait accès à elle, se rappela-t-elle en fixant d'un regard nerveux la porte communicante non verrouillée.

Elle ne pouvait se fier à sa parole qu'il n'entrerait pas dans sa chambre sans y être invité.

La façon dont il la regardait… Regardait-il avec une telle intensité toutes ses employées ? Ou sa mauvaise conscience lui faisait-elle imaginer des choses qui n'avaient pas lieu d'être ?

Un mouvement dans la chambre d'à-côté la fit sursauter.

Andreas était toujours éveillé. Leurs chambres étaient contiguës et elle ne pouvait même pas boucler sa porte ! Prenant une profonde inspiration, elle se força à se détendre.

Elle avait chaud, mais avait préféré attendre qu'Andreas se soit endormi avant de prendre une douche. Manifestement, c'était loin d'être le cas.

Qu'allait-il faire ? Entrer lorsqu'elle serait sous la douche ? Andreas Samaras était peut-être une belle ordure mais, s'il avait été un obsédé sexuel, elle l'aurait su par la rumeur ou par les informations récoltées auprès de ses informateurs. Il avait peu de rendez-vous galants, en fait, et se montrait toujours d'une grande discrétion.

Rassérénée, elle entreprit de ranger les vêtements onéreux dans l'armoire, avant de comprendre quel était le véritable problème. C'était le genre de vêtements qu'un homme offrait à sa maîtresse pour des vacances, pas à son employée.

Carrie se réveilla dans la petite chambre inconnue, quelques minutes seulement avant que le réveil ne sonne. Aujourd'hui comme la veille, elle devrait feindre d'être ce qu'elle n'était pas.

Mentir lors d'une enquête ne l'avait jusqu'à présent jamais gênée, mais elle avait toujours agi au sein de l'entreprise. Dans les bureaux, tout le monde porte un masque. Elle s'était glissée dans son rôle sans souci et sans aucune culpabilité, consciente de travailler pour la bonne cause. Mais, là, c'était différent. Elle se trouvait dans la maison d'Andreas et, si l'occasion de l'approcher était en or, Carrie avait quand même l'impression d'avoir franchi une ligne invisible.

Il le méritait, se répéta-t-elle en songeant au corps émacié et meurtri de Violet.

Jetant un coup d'œil sur son portable, elle poussa un

soupir. Le message pour son éditeur était toujours en attente de transmission. Il ne devait pas y avoir de réseau dans sa chambre.

Après une douche rapide, sous un décevant filet d'eau heureusement agrémenté par les onéreux articles de toilette merveilleusement parfumés mis à sa disposition, elle jugea qu'il était temps de choisir une tenue.

Elle opta pour une robe bleu marine à petits points blancs. Coupée dans un tissu vaporeux, elle avait de fines bretelles et tombait à mi-cuisses, mais elle n'était pas décolletée. Le vêtement était superbe, elle devait le reconnaître.

Farfouillant dans son sac, elle finit par trouver un bandeau coincé au fond et noua ses cheveux en un chignon bas. Elle n'avait pas de produits de maquillage sur elle. D'habitude, elle s'en souciait peu car elle préférait rester au naturel, pourtant aujourd'hui elle aurait bien aimé se camoufler un peu.

Une fois habillée, Carrie ouvrit les rideaux et fut saisie par la vue qui s'offrait à elle, digne d'une carte postale.

Le cœur battant la chamade, elle sortit sur le balcon privé et, fermant un instant les yeux, offrit son visage à la chaleur du soleil. La main en visière, elle admira ensuite le ciel bleu exempt de nuages et l'étendue azur de l'océan dont les vagues caressaient doucement le magnifique sable blanc et les criques bordées de palmiers. Elle aperçut au loin une étendue de terre, suffisamment proche pour qu'elle s'y rende en barbotant dans l'eau. Une scène parfaite pour un peintre.

— Bonjour, Caroline.

La voix profonde et joyeuse la fit sursauter, et elle agrippa la balustrade avant de tourner la tête. La vue l'avait tellement sidérée qu'elle n'avait pas remarqué que son balcon était bien trop vaste pour n'être que le sien.

Cheveux humides et vêtu d'un simple short noir, Andreas la rejoignit d'un pas nonchalant.

— Que vous ai-je dit à propos de la vue ? fit-il avec un sourire. C'est d'une beauté à couper le souffle, n'est-ce pas ?

Elle acquiesça, le regard au loin.

— Magnifique, renchérit-elle.

Mais c'était l'homme debout à côté d'elle qui lui avait véritablement coupé le souffle et, malgré ses efforts pour paraître indifférente, tous ses sens étaient en émoi.

Le corps d'Andreas était plus parfait encore que dans son imagination. Large d'épaules, musclé mais pas trop, la peau hâlée, il semblait en pleine forme. Ce corps était sculpté par la natation et certainement pas par les appareils d'une salle de musculation. Il n'était pas parvenu à un tel résultat par vanité.

— Bien dormi ? dit-il en s'accoudant à la balustrade.

Elle hocha brièvement la tête, douloureusement consciente de son regard ardent. Sa nuit de sommeil n'avait manifestement pas guéri son inexplicable attirance pour lui.

— Très bien, merci.

— Bien. Prête à travailler ?

Elle hocha à nouveau la tête.

— Allons vous présenter aux membres du personnel et prendre le petit déjeuner. Je ne sais pas pour vous, mais moi je suis affamé.

— D'accord.

Elle se dirigeait dans sa chambre quand il l'interpella.

— Caroline ?

— Oui, répondit-elle en croisant son regard.

— Avez-vous oublié mon exigence la plus essentielle ?

Fronçant les sourcils, elle ignora la soudaine chaleur qui la gagnait à la vue de la toison qui serpentait de son torse à son bas-ventre et disparaissait sous la ceinture de son short…

Il secoua la tête d'un air amusé.

— Où est mon sourire ?

— Il n'est pas encore bien réveillé, dit-elle du tac au tac.

Il lui adressa un sourire lumineux.

— Ah, vous avez donc le sens de l'humour. Je me l'étais demandé. Allons prendre le petit déjeuner.

Comme il retournait dans sa chambre, Carrie inspira profondément.

Elle était ici.

Elle avait été embauchée.

Et elle ne devait en aucun cas oublier l'objectif qu'elle poursuivait depuis trois ans. Quelle que soit la réaction étrange qu'Andreas provoquait en elle, elle devait l'ignorer et faire son travail. Au risque d'être licenciée.

Car son nouveau patron s'était montré très clair. Elle devait être de bonne humeur et satisfaire toutes ses lubies.

Eh bien, elle ferait tout ce qu'il voudrait *et* veillerait à afficher un sourire sur son visage. Elle s'attirerait ses bonnes grâces et percerait les secrets qu'Andreas Samaras avait réussi à cacher au grand public.

Puis, elle les révélerait à la face du monde.

Alors enfin, elle trouverait une certaine tranquillité d'esprit. Violet serait vengée et les deux hommes qui avaient détruit sa vie seraient à leur tour détruits.

Avec cette pensée heureuse, elle se hâta de le rejoindre.

Le petit déjeuner avait été servi sous le porche ensoleillée.

— Je prends mon café noir et sans sucre, l'informa Andreas en s'asseyant.

Il avait rapidement présenté Carrie au personnel. Au préalable, il avait mis Enrique et Sheryl dans la confidence ; tous deux avaient été outrés d'apprendre qu'elle n'était autre qu'une journaliste d'investigation. Andreas était un honnête homme, mais traiter avec les escrocs qui pullulaient dans le monde des finances lui avait appris à jouer un jeu que les gens de cette île protégée ne pourraient jamais comprendre.

Carrie lui versa son café. Avec le sourire.

— Je prendrai du melon et du yaourt.

Le sourire toujours aux lèvres, elle prit un bol et commença à le remplir de tranches de melon.

— Dites-moi quand je dois m'arrêter.

Son attitude depuis qu'il l'avait surprise sur le balcon avait considérablement changé, et vraiment pour le mieux. Mais il était prêt à parier que sa soudaine joie de vivre n'était qu'une façade.

Il attendit que le bol soit plein avant de l'arrêter d'un simple geste. La main de Carrie était incroyablement fine, nota-t-il, et ses ongles longs très soignés. Pas du tout les mains d'une employée de maison.

— Quatre cuillerées de yaourt, ordonna-t-il aimablement.

Elle obtempéra à sa requête.

— Voulez-vous autre chose ?

Malgré son envie de poursuivre son manège, il se retint.

— Ça ira pour le moment. Je vous ferai savoir si je désire autre chose.

Andreas porta à sa bouche une cuillère de melon et en profita pour détailler Carrie de la tête aux pieds d'une façon qu'il n'aurait jamais adoptée avec une employée normale.

Elle était un peu plus petite que la moyenne, et la robe pudique qu'elle avait choisie mettait en valeur ses longues jambes élancées et ses seins, étonnamment généreux pour une femme si svelte. Le soleil matinal éclairait son visage, soulignant sa peau soyeuse et son teint lumineux.

Carrie n'avait nul besoin de maquillage. Elle était parfaite comme ça.

Une chance qu'elle ne soit pas une véritable employée, songea Andreas, tandis qu'une douce chaleur enflammait ses sens. Les relations amoureuses entre patron et employée étaient des bombes à retardement et il les évitait comme la peste. En fait, il évitait tout ce qui pouvait nuire à ses affaires et à son image. Dans le climat actuel où un simple compliment pouvait entraîner une plainte pour harcèlement, il était trop conscient de sa position et de son pouvoir pour risquer de mettre en danger sa réputation.

Mais, Carrie n'étant pas une employée comme les autres, il pouvait transgresser son éthique personnelle. Si elle était séduisante et sexy, elle restait une vipère qui ne cherchait qu'à le détruire. Or, alors qu'elle croyait diriger les opérations, elle se trouvait chez lui, sur son territoire — à sa merci.

— Vous ne comptez pas vous asseoir ?

Elle fronça les sourcils, mais continua à sourire.

— Je n'aime pas manger seul, *matia mou* Tant que nous serons ici, je souhaiterais que vous preniez vos repas avec moi. Donc asseyez-vous, s'il vous plaît, et servez-vous. Et puis, si vous prenez vos repas avec moi, vous me servirez plus aisément.

— Si cela peut vous faciliter la vie, murmura-t-elle en obtempérant. Je suis ici pour cela.

— C'est vrai, renchérit-il. Et ce rôle vous va à ravir. Les vêtements sélectionnés pour vous vous conviennent-ils ?

Comme elle s'apprêtait à ajouter une cuillerée de yaourt dans son bol, elle suspendit son geste.

— Oui, merci. Je pensais toutefois que mes tenues seraient plus… pratiques.

Pauvre Carrie. Comme cela avait dû être déroutant pour elle de découvrir qu'il n'y avait pas, dans sa penderie, d'uniforme derrière lequel se cacher.

— Les tenues pratiques n'ont pas leur place dans un lieu aussi paradisiaque.

— En tout cas, c'est très généreux de votre part. Je suis étonnée que vous ayez réussi à les faire parvenir ici si vite.

— Tout cela a été rendu possible par un service Internet personnalisé que j'ai découvert grâce à ma nièce. Elle a passé les vacances de Noël ici, mais a perdu ses bagages lors de son vol commercial. Douze heures après son arrivée, une toute nouvelle garde-robe lui était livrée. Je me suis même demandé si Natalia n'avait pas perdu sa valise volontairement pour que je lui achète de nouveaux vêtements, conclut-il en riant.

Les traits de Carrie se durcirent imperceptiblement. À n'en pas douter, elle bouillait intérieurement.

— Et parlant de vêtements, vous allez devoir vous changer après le petit déjeuner.

— Pourquoi ?

— Les vagues sont trop fortes sur ma plage, à cette époque de l'année, mais je connais une petite crique parfaite sur l'île de la Tortue, où nous pourrons nous baigner. Nous prendrons mon bateau pour nous y rendre, nager et apprendre à nous connaître. N'est-ce pas une bonne idée ?

Elle déglutit, avant d'acquiescer avec le sourire.

— Il n'y a rien qui pourrait me faire plus plaisir.

# 4.

Si le vent tournait, Carrie était certaine que ce stupide sourire se figerait à jamais sur ses lèvres. L'effort rendait ses joues douloureuses et elle ne voulait qu'une chose : que cet homme tyrannique lui permette d'aller se coucher, afin qu'elle puisse bénéficier de quelques heures de répit.

Le jour précédent lui avait paru long… Mais la journée qu'elle venait d'endurer était interminable.

L'île de la Tortue était le minuscule îlot qu'elle avait aperçu de son balcon — un saut de puce avec le hors-bord d'Andreas. Il l'avait conduite jusqu'à une crique isolée, ceinte de gigantesques palmiers et baignée de soleil.

Mais ce paradis n'en avait que l'apparence.

Même Violet dans son enfance avait été plus facile à contenter que cet homme. La seule chose qu'il n'avait pas exigée était qu'elle lui essuie le dos après ses nombreuses baignades ! En revanche, elle l'avait éventé quand il avait eu trop chaud, lui avait servi des rafraîchissements, avait pelé ses fruits… Elle lui avait même lu des articles financiers sur sa tablette — activité aussi excitante que de regarder de la peinture sécher. Et tout ça avec le sourire.

Pour tenir le coup, elle avait imaginé son visage suffisant le jour où il découvrirait sa véritable identité. Il lui avait dit qu'ils retourneraient à Londres avant d'aller à Francfort, et elle était impatiente de se mettre au travail. Des bureaux avaient été installés dans ses deux maisons lui permettant de travailler de chez lui. Elle ne tarderait pas à découvrir ses activités illicites.

Carrie ne s'attendait pas à un homme aussi paresseux et gâté. Si on lui avait dit que l'impitoyable Andreas Samaras aimait qu'on lui pèle ses raisins comme s'il était un empereur romain, elle ne l'aurait pas cru. Cela ne correspondait pas à ce qu'elle savait du personnage. Et pourtant, il adorait être servi, un sourire carnassier toujours aux lèvres.

Lorsqu'il s'était lassé de l'île de la Tortue, ils étaient retournés sur sa péninsule, et Carrie l'avait à nouveau servi pendant qu'il prenait le soleil à côté de sa piscine.

Jamais elle n'aurait imaginé qu'un homme tel que lui apprécie autant les bains de soleil !

Son travail au bord de la piscine s'était résumé à l'éventer, et à courir vers son minibar bien garni pour lui servir des rafraîchissements. Puis, il avait été temps de préparer les vêtements d'Andreas pour le dîner, suite à quoi elle avait pu prendre une douche rapide avant d'aller le rejoindre sur la terrasse pour le dîner. À part ces quelques minutes passées dans sa salle de bains, Carrie n'avait pas eu un moment à elle. C'est à peine si elle avait eu le temps de jeter un œil sur son portable en s'habillant. Aucun signal : son texto était toujours en attente de transmission.

Le repas préparé par Brendan était sans doute le meilleur qu'elle ait jamais mangé. Une salade de crevettes géantes — Andreas lui avait, bien sûr, demandé de décortiquer les siennes — suivie par un curry à la noix de coco qu'elle avait été incapable d'apprécier, son patron l'ayant obligée à effectuer d'innombrables allers-retours à la cuisine.

Elle n'avait pas fait autant d'exercice depuis des années.

— Caroline ?

Pendant qu'elle fulminait sur sa paresse et ses comportements tyranniques, Andreas lui avait parlé, se rendit-elle compte.

Aussitôt, elle plaqua un grand sourire sur ses lèvres.

Que voulait-il cette fois ? Un autre bol d'eau tiède pour tremper ses doigts dedans ? Une nouvelle serviette pour essuyer ses mains délicates ?

— Désolée, je n'ai pas saisi ce que vous disiez.

Il vida son verre de vin blanc et le posa sur la table.

— Je suis prêt à me retirer…

Il était temps, maugréa Carrie en silence.

— J'aimerais donc que vous me fassiez couler un bain et prépariez mon lit.

— Préparer votre lit ? répéta-t-elle, incrédule.

Il fronça les sourcils.

— Vous ne l'avez jamais fait auparavant ?

Sentant le danger, elle cacha sa peur derrière un sourire.

— Ce n'est pas quelque chose qu'on m'a demandé de faire. À moins que je connaisse cette tache sous un autre nom ?

— Je croyais que c'était une requête universelle, dit-il, une lueur amusée dans le regard. Je voudrais simplement que vous retourniez les draps pour que je me glisse dedans.

— Oh ! ça, s'écria-t-elle d'un ton faussement enjoué.

C'était exactement le genre de choses que cet homme gâté pouvait exiger. Dans les régions au climat plus froid, il lui demanderait sûrement de réchauffer son lit.

— Bien sûr, oui. Autre chose ?

— Je vous ferai savoir si quelque chose me vient à l'esprit pendant que vous faites couler mon bain.

Elle n'en doutait pas une seconde.

— J'y vais tout de suite, dit-elle en se levant.

Andreas la suivit des yeux, tandis qu'elle entrait dans la maison. Il ne se souvenait pas de la dernière fois où il s'était autant amusé. La détermination de Carrie à jouer à la perfection le rôle qu'il lui avait assigné était follement drôle à regarder, tout comme les mimiques imperceptibles qui trahissaient ses véritables pensées. Quand tout ceci serait terminé, il lui attribuerait une récompense pour son jeu d'actrice.

Quand tout ceci serait terminé…

À cette pensée, son sourire s'effaça.

Il allait bientôt devoir mettre fin aux souffrances de la jeune femme, même si cela avait été amusant de jouer le rôle du play-boy gâté. Mais, avant cela, il lui fallait passer à la vitesse supérieure.

Debbie lui avait envoyé un message un peu plus tôt dans la soirée avec des informations qui nécessitaient son retour immédiat à Londres. Il n'avait plus une minute à perdre.

Pensif, il se versa un autre verre de vin. À part se raser, c'était la première chose de la journée qu'il faisait lui-même. Il but une gorgée, puis ferma les yeux.

Il venait tout juste d'obtenir son diplôme universitaire quand le monde de ses parents s'était écroulé. Depuis lors, sa vie n'avait été qu'une longue succession d'obligations, tant familiales que professionnelles. Lorsqu'il avait enfin aperçu la lumière au bout du tunnel, sa sœur et son beau-frère étaient décédés, le laissant tuteur de sa nièce adolescente. Natalia avait été élevée à Londres et, au moment du drame, elle était déjà pensionnaire de son école, la semaine. Andreas n'avait pas voulu la déraciner à un moment si difficile de son existence, et c'était lui qui avait déménagé sa société de Manhattan à Londres. Natalia avait été sa priorité.

Il avait toujours veillé sur sa famille et pris soin de ses proches, comme si c'était la chose la plus naturelle du monde. Mais, lorsque Natalia était finalement partie poursuivre ses études à l'université, un poids lui avait soudain été ôté des épaules. Il avait alors pris conscience du fardeau qu'avait représenté pour lui une telle responsabilité. Maintenant que Natalia finissait sa première année à l'université, cette petite lumière brillait à nouveau, plus fort encore qu'auparavant. Natalia était désormais une adulte. Elle avait certes encore besoin de lui sur un plan financier mais, pour le reste, elle se débrouillait plutôt bien. Elle était jeune, travaillait beaucoup et profitait de la vie, comme cela devait être.

Il s'était promis qu'une fois sa première année terminée il commencerait à vivre pour lui. Il n'avait plus à s'inquiéter d'avoir une bonne influence sur sa nièce ou d'être un modèle pour elle. Il pouvait désormais profiter de sa richesse et de la vie en général, ce qui lui avait jusqu'à présent été refusé. Il ne voulait plus jamais assumer de responsabilités dans sa vie privée. Son entreprise, en revanche, était une autre histoire, et il se jurait de la protéger de la plume incendiaire de Carrie.

Songeur, il but une autre gorgée de vin. Le hasard faisait bien les choses. Carrie s'intéressait à lui au moment même où il pouvait prendre les mesures nécessaires pour l'en empêcher. L'emmener aux Seychelles aurait été impensable un an plus tôt, quand son emploi du temps était lié à celui de Natalia.

Posant son verre sur la table, il se leva, avant de s'étirer. Il dirait la vérité à Carrie dès le lendemain matin. D'ici là, il s'amuserait encore un peu avec elle.

—

Lorsque Carrie entra dans la suite d'Andreas, elle s'arrêta net. La lumière tamisée révélait non pas une salle de bains, mais un palace en marbre. La douche à l'italienne était immense. Mais ce fut l'immense baignoire creuse qui attira son attention, aussi opulente que les piscines dans lesquelles les empereurs romains se baignaient. Il lui fallut un moment pour trouver la bonde, puis elle ouvrit les robinets. De l'eau jaillit à flots, pas seulement des robinets, mais aussi des minuscules orifices répartis tout autour de la cuve.

Elle trouva de la mousse de bain dans une armoire

et en versa une généreuse rasade, embaumant aussitôt la pièce d'un délicieux parfum épicé. Puis elle régla la température de l'eau, résistant à l'envie de la régler sur froid. Sa mission terminée, elle s'essuya les mains et retourna dans la chambre.

Son courage faillit la déserter à la vue du lit.

Elle s'était déjà plusieurs fois rendue dans cette pièce, mais ne s'était encore jamais approchée du lit.

Prenant une profonde inspiration, elle rabattit le drap, le pliant pour qu'il forme un triangle, puis le lissa, essayant de ne pas penser qu'il avait recouvert le corps nu d'Andreas.

Parce qu'il dormait nu, elle en était certaine, et à cette seule pensée, une onde de chaleur la traversait.

Elle avait été trop exposée au soleil, se dit-elle en tapotant l'oreiller, faisant aussitôt ressortir l'odeur virile d'Andreas enfermée dans le coton égyptien. Elle reposa l'oreiller à la hâte et, l'espace d'un instant, son pouls battit si vite qu'elle se sentit étourdie.

— Mon bain est-il prêt ?

Elle sursauta et fit volte-face. Andreas se tenait dans l'embrasure de la porte, un sourire narquois aux lèvres.

Depuis combien de temps l'observait-il à son insu ?

— Oui. Il y a des serviettes propres à disposition.

Comment arrivait-elle à parler quand son cœur bondissait ainsi dans sa poitrine ? Elle n'en avait aucune idée.

— Bien.

Il entra dans la chambre et, les yeux rivés sur elle, retira ses boutons de manchette.

Soudain terrifiée qu'il puisse se déshabiller devant elle, Carrie se dirigea vers la porte, en contournant son grand corps qui lui sembla encore plus imposant que dans la lumière du jour.

— Pourriez-vous m'apporter un verre d'eau, s'il vous plaît ? demanda-t-il alors qu'elle avait déjà la main sur la poignée. J'ai soif.

Carrie acquiesça d'un signe de tête et se rua dans l'escalier, se répétant que son trouble était dû à sa longue exposition au soleil. Pourvu que ce soit sa dernière tâche de la journée !

Son cœur battait toujours la chamade lorsqu'elle gravit à nouveau les marches, un verre d'eau à la main.

La porte de la chambre d'Andreas était entrouverte. Elle frappa mais, ne recevant aucune réponse, elle entra timidement. La pièce était vide et la porte de la salle de bains, grande ouverte.

— J'ai votre verre d'eau, cria-t-elle. Dois-je le laisser sur la table de chevet ?

— Apportez-le moi, répondit-il d'une voix étouffée par les murs épais.

— Quoi ? Dans la salle de bains ? demanda-t-elle, espérant avoir mal entendu.

— Puisque j'y suis, oui.

Carrie s'approcha lentement de la porte, espérant qu'il n'avait pas encore ôté ses vêtements.

Espoir futile.

Andreas était allongé dans l'immense baignoire, le haut de son torse juste dans sa ligne de vision.

Sentant ses joues s'empourprer, elle évita son regard et chercha un endroit où poser le verre.

— Apportez-le moi, ordonna-t-il calmement.

Elle fut incapable de bouger.

L'eau gicla lorsqu'il se redressa et tendit le bras vers elle.

— Ne soyez pas timide, *matia mou*. Je ne mords que quand c'est nécessaire.

Le feu aux joues, Carrie résista à l'envie de lui jeter le verre d'eau à la figure et s'avança lentement.

Elle ne pouvait pas le regarder en face. Tant qu'elle se concentrait sur le joli carrelage derrière lui, tout irait bien. Lorsqu'elle l'eut rejoint, elle déposa le verre dans sa main tendue, s'efforçant de ne pas effleurer ses doigts au passage, puis recula vivement.

— Je vous laisse profiter de votre bain.

— Vous ne voulez pas rester et me tenir compagnie ?

Elle leva les yeux malgré elle. Aussitôt, son cœur bondit dans sa poitrine. Cet homme à la beauté ténébreuse la dévisageait d'un regard intense, comme si elle était un mets délicat qu'il s'apprêtait à dévorer.

Carrie sentit une douce chaleur irradier du plus profond de son être. Elle se laissa soudain aller à des pensées qu'elle n'avait jamais eues auparavant, faites de corps nus et de soupirs légers…

Elle venait de passer la journée avec son patron à moitié nu et avait réussi à ne pas y prêter attention. Ou presque, car ignorer la beauté sculpturale d'Andreas avait été aussi difficile pour elle que de garder ce stupide sourire sur son visage. Mais elle le voyait à présent dans toute sa perfection : teint hâlé et concentré de splendeur virile. Elle avait beau lutter, la femme en elle était irrésistiblement attirée par cet homme qu'elle détestait.

Soudain, le désir qu'elle lisait dans son regard se teinta d'une lueur plus sombre. Cette sombre menace la tira de l'étrange état hypnotique dans lequel elle avait sombré pour la faire revenir au présent.

Se forçant à respirer, elle afficha un sourire contraint.

— Vous êtes un grand garçon, dit-elle d'un ton léger. Je suis sûre que vous pouvez rester seul un moment.

Le silence accueillit ses propos, puis il lui adressa un sourire complice.

— Je ne pensais pas que vous me regarderiez.

Troublée, elle baissa machinalement les yeux sur ses longues jambes musclées recouvertes de mousse, mais pas assez pour cacher son…

Choquée, elle détourna aussitôt le regard, mais ne put oublier ce qu'elle avait vu. Malgré l'eau et la mousse, elle n'avait pas besoin d'être expérimentée pour savoir qu'Andreas avait une érection.

— Je serai dans ma chambre si vous avez besoin de moi, marmonna-t-elle, avant de fuir cette ambiance séductrice et le danger qui s'y rattachait.

Elle ferma la porte de la salle de bains sur son rire.

Seule dans sa chambre, elle s'assit sur le lit et posa les mains sur ses joues brûlantes. Elle méprisait Andreas, l'avait détesté à la minute où elle avait croisé son regard hautain devant le bureau de la directrice.

Il avait détruit sa sœur !

Comment pouvait-elle ressentir une telle attirance pour cet homme — son ennemi juré ? Et comment pouvait-il être conscient de son émoi ? Son regard séducteur était sans ambiguïté.

Elle enfouit sa tête dans l'oreiller et poussa un cri étouffé.

Comment pouvait-elle avoir de telles pensées ?

Trop de soleil.

*Bien sûr.* Voilà l'explication. Elle avait eu plus chaud aujourd'hui que durant les trois dernières années. La chaleur avait bouleversé ses sens, comme le manque de sommeil la veille.

Rassérénée, Carrie s'allongea sur le lit, ferma les yeux. Elle se concentra sur sa respiration, inspirant et expirant lentement comme elle s'était entraînée à le faire quand la terrible angoisse qu'elle ressentait pour sa sœur la tenait éveillée.

Un coup frappé à la porte la tira bientôt du sommeil dans lequel elle avait glissé. Le réveil à ses côtés indiquait qu'il était minuit. Elle s'était trouvée seule moins d'une heure.

— Caroline ?

— J'arrive, maugréa-t-elle.

Elle se leva tout en lissant la robe dans laquelle elle

s'était endormie. Quand elle eut rassemblé ses forces, elle ouvrit la porte et fut aussitôt envahie par la fragrance acidulée de l'eau de toilette d'Andreas et par le léger parfum épicé de sa mousse de bain.

Torse nu et vêtu d'un jean délavé, il lui souriait.

— Vous dormiez ? s'enquit-il en haussant un sourcil.

— Je somnolais, marmonna-t-elle.

Elle avait oublié que travailler pour lui signifiait ne dormir que lorsqu'il l'y autorisait.

— Bien. Je prendrais bien un petit verre.

*Évidemment.*

— Voulez-vous que je vous l'apporte ?

Il fit la grimace, indiquant clairement que c'était la raison pour laquelle il la payait.

— Laissez-moi juste enfiler des chaussures.

— Apportez-moi un whisky — peu importe la marque — trois doigts, deux glaçons et un verre pour vous. Je vous attends sous le porche.

Là-dessus, il lui fit un clin d'œil et s'éloigna.

Retenant un juron, Carrie glissa ses pieds dans les tongs dorées qu'on lui avait fournies et descendit lentement l'escalier. Comment une employée digne de ce nom pouvait-elle tolérer une situation de ce genre ? Aucun salaire, aussi mirobolant fût-il, ne pouvait compenser cet esclavage.

Elle prépara son whisky et se versa un verre de limonade. Elle ne voulait pas avoir une goutte d'alcool dans le sang lorsqu'elle avait à faire avec un homme aussi retors que lui. Elle avait d'ailleurs refusé de boire du vin à table pour la même raison.

Elle emporta les verres dehors, où une brise fraîche soufflait, et trouva Andreas attablé. Il lisait quelque chose sur son portable.

Elle n'avait toujours pas de signal sur le sien.

— Avant de vous asseoir, allez me chercher un short de bain dans ma penderie. Je me baignerai peut-être plus tard.

Au milieu de la nuit ? Cet homme ne dormait-il donc jamais ?

Et elle ? N'avait-elle pas le droit de dormir ?

Soudain, elle surprit une lueur amusée dans son regard qui éveilla aussitôt ses soupçons.

Était-il…

Se pouvait-il…

Andreas jouait-il un jeu ?

Il soutint son regard en souriant, comme s'il se retenait de rire. Mais quelque chose de plus sombre animait ses yeux noisette, quelque chose qui la mit en alerte.

Elle recula lentement, sans le quitter des yeux. Son travail lui avait appris la méfiance, or son instinct lui criait que quelque chose n'allait pas. Un danger inconnu la menaçait.

Remontant les escaliers, elle se rendit compte qu'il y avait en fait un problème depuis son entretien avec Andreas. Mais celui-ci l'avait tenue si occupée qu'elle n'avait pas eu le temps de réfléchir.

Arrivée dans la suite de son patron, elle parcourut la pièce du regard. Elle avait jusqu'à présent résisté à son envie de fureter, car il y avait toujours quelqu'un avec elle et Carrie ne voulait pas éveiller les soupçons.

Elle nota du coin de l'œil le mobilier coûteux, incertaine de ce qu'elle cherchait. C'était juste une chambre. Une chambre masculine à l'opulent décor…

Qu'est-ce que c'était que ça ? se demanda-t-elle brusquement, en avisant un minuscule objet rond qui clignotait, à l'extrémité de la tringle à rideaux.

Carrie avait été journaliste d'investigation suffisamment longtemps pour comprendre, pourtant il lui fallut quelques secondes pour que la réalité s'impose à elle.

Le minuscule objet était une caméra… qui la filmait.

# 5.

Andreas sirotait son whisky tout en observant Carrie sur son téléphone portable. Il avait lu la suspicion dans son regard, juste avant qu'elle ne retourne dans la maison pour satisfaire son dernier caprice. Aussi avait-il décidé de se connecter à la caméra placée dans sa chambre.

À en juger par son immobilité, tandis qu'elle balayait la pièce du regard, elle devait se douter de quelque chose.

Après quelques minutes, son regard s'aiguisa et elle fronça les sourcils en marchant d'un pas raide vers les portes-fenêtres.

L'instant d'après, elle le regardait droit dans les yeux… Il ne fallut qu'un instant pour qu'elle monte sur une chaise et arrache la caméra. L'image de la jeune femme disparut de son écran et il dut patienter quelques secondes avant qu'une autre caméra prenne le relais. À ce moment-là, elle en découvrait une autre, posée sur la télévision. Son visage tordu de rage, elle poussa un juron inaudible et l'arracha de son socle. Elle fit ensuite le tour de la chambre jusqu'à ce qu'elle ait retiré les quatre caméras cachées.

Andreas reprit une gorgée, prêt à affronter l'orage qui allait suivre. Le moment de vérité était arrivé, quelques heures plus tôt que prévu.

Il n'eut pas longtemps à attendre.

Les portes-fenêtres s'ouvrirent à la volée, et Carrie apparut. Elle fondit sur lui et, lorsqu'elle fut à son côté, elle lui arracha le verre des mains pour faire tomber les quatre minuscules caméras dans son whisky.

Les poings serrés, elle haletait, comme si elle était sur le point de le frapper.

— Vous devriez vous asseoir, suggéra-t-il d'un ton sec.

Au fond, mieux valait que la vérité éclate maintenant, alors qu'ils étaient seuls.

Sans témoins.

— Vous savez qui je suis, n'est-ce pas ? lança-t-elle.

— Oui, *matia mou*, je sais que vous êtes Carrie Rivers, la journaliste d'investigation, confirma-t-il en croisant les jambes. Je l'ai toujours su.

— Donc… Tout ceci n'était qu'un jeu ?

Il s'autorisa à sourire.

— Et quel jeu ! Vous avez joué la servante à la perfection !

Folle de rage, Carrie lui jeta son verre de limonade à la figure. Mais, tandis qu'elle reprenait son souffle, elle ne ressentit pas la moindre satisfaction à voir le liquide froid tremper son visage et ses cheveux.

Il n'avait pas bronché.

Comme elle détestait le voir aussi serein alors qu'elle n'arrivait même pas à contrôler sa respiration ! Pourtant, lorsqu'elle croisa son regard, elle comprit qu'il était loin d'être calme. Les mâchoires serrées et les yeux étincelants, il exsudait le danger.

Il savait depuis le début qui elle était.

Elle aurait dû s'en douter. En fait, elle avait ignoré tous les signaux. Peut-être avait-elle été trop occupée à combattre l'attirance qu'elle éprouvait pour lui pour écouter son instinct.

Elle était tombée dans le piège.

Elle avait infiltré sa vie pour le faire chuter, mais il avait retourné la situation et s'était joué d'elle.

Lentement, il s'essuya le visage avec ses mains, sans jamais la quitter des yeux.

— Je crois qu'il est temps que vous me disiez la véritable raison de votre présence ici, Carrie Rivers, dit-il d'un ton cinglant. Mais, avant cela, je veux connaître votre vrai nom. Carrie ou Caroline ? Ou préféreriez-vous que je vous appelle Serpent Menteur ?

— Ce n'est pas moi le serpent ici, riposta-t-elle d'une voix tremblante. Combien de caméras avez-vous fait installer pour m'espionner ?

— Assez pour surveiller chacun de vos faits et gestes.

— Vous m'espionniez durant mon sommeil ? Pendant… ?

Elle frémit, incapable d'exprimer ses pensées.

— Il n'y avait pas de caméra dans votre chambre, ni dans votre salle de bains. Contrairement à vous, j'ai des limites.

— Des limites ? Vous m'avez demandé de vous apporter un verre d'eau quand vous étiez dans votre bain !

— Et vous ne vous êtes pas gênée pour vous rincer l'œil. Bon, répondez à ma question. Quel est votre vrai nom ?

Le feu aux joues, Carrie le fusilla du regard.

— Je m'appelle Caroline Fiona Dunwoody, comme indiqué sur mon passeport. Je suis connue sous le nom de Caroline Rivers depuis que ma mère s'est remariée, alors que j'avais quatre ans, mais il ne s'agit que d'un nom d'emprunt. Pour ce qui est de mon prénom, on m'a toujours surnommée Carrie.

— Et pourquoi donc enquêtez-vous sur moi, Caroline Dunwoody Rivers ?

Les mains sur les hanches, elle l'incendia du regard.

— Je ne vous répondrai pas.

— Oh ! que si. Vous êtes une journaliste primée. Vous révélez les pratiques illégales des riches hommes d'affaires. Vous n'avez pas ménagé vos efforts pour infiltrer ma vie. Vous avez fourni de fausses références, appuyées par vos collègues, je suppose. J'imagine que tout a été orchestré en haut lieu. Les enquêtes ne sont pas lancées par hasard. Je veux savoir qui a ouvert le bal. Et pour quelle raison. Je veux tout savoir.

Il parlait avec flegme, mais d'un ton sans appel.

Pourquoi n'avait-elle pas suivi son instinct lorsqu'elle était entrée dans son bureau et que chaque fibre de son corps lui dictait de repartir en courant ?

Et comment était-elle supposée répondre à ces questions sans s'enfoncer davantage ?

Comme elle demeurait silencieuse, il poussa un soupir.

— Caroline…

— Carrie, corrigea-t-elle sèchement.

Il haussa les épaules.

— Peu importe. Je veux la vérité et nous n'irons nulle part tant que vous ne m'aurez pas fourni les réponses à mes questions. Vous me devez la vérité.

— Je ne vous dois rien du tout, riposta-t-elle. Et vous avez menti aussi. Vous n'étiez pas obligé de faire semblant de me croire. Vous auriez pu me confronter durant l'entretien.

— Et vous donner la possibilité de retourner à votre salle de rédaction, hors de ma portée ?

— Mais pourquoi m'avoir traitée comme une esclave ? Quel était votre intérêt d'agir ainsi ?

— Ne soyez pas naïve. Vous vouliez me détruire. La moindre des choses était de vous faire subir une petite humiliation en contrepartie. Je ne m'étais pas autant amusé depuis des années, admit-il en souriant.

Son visage redevint grave.

— Quelqu'un veut ma peau, poursuivit-il. Il s'agit soit d'un concurrent ou d'un ancien employé mécontent, soit de vous, par vengeance personnelle… Car nous avons une histoire en commun, n'est-ce pas, Carrie Rivers, sœur de Violet ?

À peine Andreas avait-il mentionné sa sœur que Carrie grimaça. Très bien, songea-t-il, il avait donc vu juste. Cette vengeance était personnelle.

— Ne bougez pas, dit-il en se levant. Je vais nous chercher un remontant.

— Je ne veux rien.

— Moi, si. Et, à mon retour, vous me direz tout ce que je veux savoir car je peux vous promettre une chose : vous ne quitterez pas les Seychelles avant.

De retour avec une bouteille de whisky et deux verres en cristal, Andreas trouva Carrie assise. Bras croisés sur la poitrine, elle lui lança un regard haineux.

— Libre à vous de briser votre verre ou de me jeter son contenu à la figure, mais cela ne changera rien.

Le visage renfrogné, elle prit le verre qu'il lui tendait.

— Ça sent très mauvais, commenta-t-elle.

— Ne le buvez pas, alors.

Elle but une gorgée, l'air dégoûté. Puis une autre.

Andreas se renfonça dans son siège et l'observa. Elle affrontait son regard, ses yeux noisette étincelant de fureur. Sa physionomie retrouvait toute sa vivacité, et elle n'en était que plus belle.

Quelle que soit la raison qui avait poussé Carrie à vouloir le détruire, elle pensait être dans son bon droit.

— Rétablissons tout d'abord les faits. Le journal pour lequel vous travaillez jouit d'une excellente réputation — tout comme vous, d'ailleurs. Il est rarement poursuivi en justice pour diffamation et, lorsque cela arrive, il ne perd jamais ses procès, car les articles sont toujours fondés. C'est un journal sérieux. Votre éditeur n'aurait pas lancé une enquête sur moi sans raisons valables. Quelles étaient ces raisons ?

Elle baissa les yeux et prit une nouvelle gorgée du breuvage qu'elle prétendait détester.

— Il y a eu des rumeurs, murmura-t-elle.

Il tambourina des doigts sur la table.

— Quel genre de rumeurs ?

— Elles disaient que vous détourniez les fonds de vos clients.

— Foutaises. D'où proviennent ces rumeurs ? Parce que je vous assure qu'il s'agit de mensonges. Les marchés montent et descendent, mais j'investis les fonds de mes clients avec autant de soin que si c'était les miens. Je vous défie de trouver un seul investisseur qui dise le contraire.

Une expression coupable apparut sur son visage, qu'elle s'efforça de cacher en prenant une nouvelle gorgée.

Mais c'était trop tard. Il l'avait vue.

— Les rumeurs viennent de vous, n'est-ce pas ? Êtes-vous allée voir votre éditeur en lui disant que vous déteniez des informations à mon sujet et qu'elles méritaient qu'on s'y intéresse ?

Elle leva la tête. La vérité se lisait dans ses yeux.

Il prit une profonde inspiration, s'efforçant de réprimer sa fureur.

— Allons, Carrie. Il n'y a que vous et moi, ici. Personne n'entendra ce que vous me direz. Nous avons tous les deux joué un jeu et il est désormais temps d'arrêter. Soyez franche et admettez la vérité. Vous avez menti à votre éditeur, n'est-ce pas ?

La poitrine serrée, Carrie peinait à respirer.

Ils avaient tous les deux joué un jeu ?

Cela n'avait jamais été un jeu pour elle. Andreas avait détruit la vie de sa sœur, après tout.

Tout ce qu'elle avait fait — les risques qu'elle avait pris, les mensonges qu'elle avait proférés —, elle l'avait fait pour Violet. Et tout cela n'avait servi à rien. Andreas l'avait cernée avant même qu'elle n'entre dans son bureau, et les secrets qu'il détenait seraient cachés à jamais. Elle ne pourrait jamais le démasquer. Justice ne serait jamais rendue.

Redressant le menton, elle le fixa droit dans les yeux.

— Oui, admit-elle. J'ai raconté un tissu de mensonges. J'ai dit à mon éditeur qu'une source fiable m'avait informée que vous détourniez des fonds et il m'a crue.

— Il a permis que vous enquêtiez sur moi en se fiant à votre seule parole ?

Elle se pencha vers Andreas, désireuse de lui montrer toute la haine qu'elle lui portait.

— J'ai rêvé pendant trois ans de précipiter votre chute et, quand l'occasion est enfin arrivée, je n'allais pas la laisser filer. Croyez-moi, je me suis montrée très convaincante.

— Vous avez planifié ça pendant trois ans ? demanda-t-il. J'imagine que vos motivations ont un rapport avec votre sœur détraquée ?

Ses propos lui firent l'effet d'une gifle.

— Ne parlez pas de Violet comme ça !

Il se pencha à son tour vers elle, si près qu'elle pouvait voir sa barbe naissante.

— Je ne sais pas comment elle est maintenant mais, il y a trois ans, elle était en vrac.

La colère qui s'empara de Carrie fut si violente qu'il lui fallut un certain temps avant de pouvoir parler. Lorsqu'elle retrouva enfin l'usage de la parole, elle cracha son venin — trois années de rancœur se déversèrent comme un torrent.

— Oui, Violet était en vrac. Et savez-vous pourquoi ? Parce que vous avez laissé votre meilleur ami, un trafiquant de drogues, la séduire sous votre propre toit. Vous et votre salopard d'ami avez détruit sa vie, donc oui, Violet est la raison pour laquelle je me trouve ici. Mon objectif était de m'infiltrer dans votre vie et de trouver les indices dont j'avais besoin pour révéler au monde le monstre que vous êtes. Je voulais détruire l'image irréprochable que le monde a de vous.

— De quoi diable parlez-vous ?

Andreas l'avait écoutée avec une incrédulité et une

indignation croissante. Il avait toujours suspecté que ses motifs étaient personnels et qu'elle lui gardait rancune suite au renvoi de sa sœur. Mais il pensait qu'elle avait simplement saisi l'opportunité d'enquêter sur lui, quand l'occasion s'était présentée à elle.

Or, elle avait tout orchestré. Certes, il était soulagé d'apprendre qu'aucun de ses concurrents n'avait cherché à ternir son nom, et qu'aucun agissement répréhensible ne pouvait lui être reproché au sein de son entreprise. Pourtant, savoir qu'il avait une dangereuse ennemie depuis trois ans lui faisait froid dans le dos.

— Ne faites pas l'innocent ! cria-t-elle.

Elle se leva, le regard acéré.

— Violet a fait la connaissance de James Thomas chez vous. Il l'a traitée comme une reine. Quelle jeune fille ne serait pas enchantée de voir un homme séduisant et riche la couvrir d'attentions et de cadeaux onéreux ? Il a couché avec elle pour la première fois le jour même de son seizième anniversaire. Il avait trente-six ans ! Leur liaison a duré six mois — période durant laquelle il l'a initiée à la drogue et à toutes sortes de perversions. Puis il l'a laissée tomber. Comme elle refusait de disparaître en toute discrétion, il a menacé de la détruire. Cinq jours plus tard, on trouvait de la drogue dans sa chambre à l'internat et elle a été renvoyée. James Thomas a détruit sa vie, comme il l'avait promis.

Elle marqua une pause, avant de poursuivre.

— C'est vous qui avez fait procéder à la fouille de sa chambre, vous, l'ami de cet ignoble individu. Inutile de le nier : la directrice m'a dit que vous l'aviez informée que Violet et Natalia se droguaient et que vous l'aviez encouragée à fouiller leur chambre. Or, comme par hasard, c'est dans les affaires de Violet uniquement que la drogue a été trouvée. Elle seule a été renvoyée, tandis que votre nièce s'en est tirée à bon compte.

Andreas prit une profonde inspiration. Il était furieux des accusations le visant, mais aussi révolté que Carrie le croie capable de couvrir une telle ordure.

— Soyons clairs. James Thomas n'est certainement pas mon ami et ne l'a jamais été. J'ignorais tout de cette histoire.

— Bien sûr, lâcha-t-elle avec dédain.

Il but son whisky d'un trait, puis la regarda dans les yeux.

— Faites très attention, *matia mou*. Je conçois que vous soyez sous le coup de l'émotion, mais vous avez proféré plusieurs accusations diffamatoires à mon égard et je compte me défendre. James Thomas n'est venu qu'une seule fois chez moi pour dîner, avec d'autres investisseurs potentiels. Nous ne nous sommes plus jamais revus ensuite, car je l'ai aussitôt détesté. J'ai d'ailleurs refusé de faire affaire avec lui. Je ne me souviens pas que Violet ait été là ce week-end, mais c'est possible. Je n'ai jamais entendu parler d'une quelconque liaison entre eux.

— Si vous n'aviez pas été de mèche avec lui, pourquoi auriez-vous fait renvoyer Violet ?

— Parce qu'en rentrant un soir, plus tôt que prévu, j'ai trouvé Violet et Natalia occupées à se droguer et à boire. C'était le week-end avant son renvoi, un week-end que je n'oublierai jamais. Vous vous en souvenez ?

La colère de Carrie s'était muée en confusion.

— Vous les avez surprises en train de se droguer ?

— Oui.

— Et vous n'avez pas songé à me prévenir ?

— Je pensais vous appeler le lendemain matin, mais les événements ont pris une tournure inattendue. Après leur avoir fait la morale, j'ai envoyé les filles au lit. Une heure plus tard, Violet entrait dans ma chambre entièrement nue.

— Menteur !

— Je ne mens pas. Elle voulait me séduire, pour me convaincre de ne pas appeler la directrice de l'internat.

Violet craignait que je la dénonce, d'autant qu'elle avait laissé du cannabis et de la cocaïne dans sa table de nuit. Si la chambre était fouillée, elle serait renvoyée. Elle avait déjà reçu un avertissement, comme vous le savez.

Carrie semblait au bord du malaise. Et son état ne ferait qu'empirer s'il lui révélait la façon dont Violet avait tenté de le rejoindre au lit et le langage ordurier qu'elle avait employé.

— Je vous passe les détails, mais Violet est devenue hystérique quand je l'ai repoussée. Notre dispute a réveillé Natalia. Ma nièce a essayé de calmer son amie et a reçu une gifle pour ses efforts. Si Violet n'avait pas été aussi jeune, je l'aurais jetée à la rue. Mais, en l'occurrence, j'ai attendu le lendemain pour la renvoyer chez elle en taxi.

Il s'interrompit quelques instants.

— Vous avez raison de penser que j'ai orchestré le renvoi de Violet, poursuivit-il, mais je ne vais pas m'en excuser. Natalia m'a avoué le lendemain que Violet tournait mal et se droguait depuis des mois. Ma nièce était entraînée dans un monde duquel elle ne savait pas comment s'échapper. Si j'ai appelé l'école, c'est pour protéger Natalia. Je ne suis pas de mèche avec James Thomas. Je méprise cet homme.

Le visage blême, Carrie marcha quelques pas, avant de faire volte-face.

— Pourquoi ne m'avez-vous rien dit ? Si Violet a tenté de vous séduire… Si ce que vous dites est vrai…

Elle leva vers lui un visage confus.

— J'avais laissé à l'école le soin de vous informer des agissements de votre sœur.

— L'école ? La directrice ne nous a pas accordé plus de deux minutes de son temps. Elle nous a simplement dit que de la drogue avait été trouvée dans les effets personnels de Violet et qu'elle était renvoyée. Elle l'a mise à la porte comme ça, s'écria Carrie en claquant des doigts. Vous auriez dû m'appeler. J'étais sa tutrice. J'aurais dû être prévenue.

Andreas refoula le sentiment de culpabilité qui le rongeait et se leva.

— Après le comportement scandaleux de Violet, je ne voulais plus avoir affaire avec vous. Et en toute honnêteté, j'ai supposé qu'elle avait appris ses frasques de vous…

Comme elle levait la main vers lui, il eut tout juste le temps de saisir son poignet pour retenir le coup.

# 6.

Ignorant les doigts serrés d'Andreas autour de son poignet, Carrie le défia du regard.

— Laissez-moi finir, dit-il. À l'époque, j'ai cru que Violet avait appris à séduire les hommes en suivant votre exemple. C'était une erreur de ma part et je m'en excuse. J'étais très en colère et inquiet pour ma nièce. Natalia m'a raconté que Violet couchait à droite à gauche depuis des mois. Qu'auriez-vous fait à ma place si les rôles avaient été inversés ?

Brusquement, Carrie cessa de lutter, sa colère se muant en tristesse.

— Si les rôles avaient été inversés, je vous aurais prévenu. Violet avait besoin d'être aidée, pas condamnée. Si j'avais été prévenue… Cela n'aurait probablement rien changé, ajouta-t-elle avec un soupir. Le mal était déjà fait. Violet couchait effectivement avec n'importe qui — elle croyait naïvement rendre James jaloux. Elle n'acceptait pas leur rupture et n'avait personne à qui se confier. Il l'avait obligée à garder leur liaison secrète, ce qui explique en partie pourquoi elle était aussi perturbée. Je n'ai découvert la vérité qu'après son renvoi.

Lorsque Violet s'était enfin confiée à elle, Carrie avait reçu un violent choc. Comme elle s'était sentie coupable de n'avoir pas su que sa sœur entretenait une liaison avec un homme assez vieux pour être son père, un homme qui l'avait initiée à la drogue !

D'un mouvement, elle échappa à l'emprise d'Andreas. Elle ne voulait pas de sa sympathie.

Malgré la colère et la haine qu'ils ressentaient l'un pour l'autre, Carrie éprouvait toujours et malgré elle une attirance incoercible pour lui.

Elle devait se ressaisir. Quelques instants plus tôt, elle était à deux doigts de le frapper. Or, elle n'avait jamais frappé qui que ce soit. Andreas faisait naître en elle des émotions bien trop intenses — et terrifiantes.

— Pourquoi Violet m'a-t-elle dit que vous l'avez piégée, si c'était faux ? demanda-t-elle. Elle a été catégorique là-dessus. Je l'ai ramenée à la maison après l'horrible entretien avec la directrice et elle m'a juré que vous aviez caché la drogue dans ses affaires. Elle m'a ensuite tout raconté à propos de James.

— Peut-être a-t-elle voulu se venger de moi, après que je l'ai rejetée ? Après que j'ai informé l'école ? Après que je lui ai fait savoir qu'elle n'était plus la bienvenue chez nous et qu'elle ne devait plus approcher Natalia ?

— J'imagine que cela a du sens, admit Carrie.

Andreas prit une profonde inspiration. S'il plaignait Violet pour la manière atroce dont ce monstre s'était servi d'elle, il ne pouvait effacer de son esprit les raisons qui avaient poussé Carrie à lui mentir. Elle l'avait cru de la même trempe que James et s'était servie de son statut de journaliste pour se venger de lui alors qu'il était innocent.

— Nous nous serions épargné beaucoup de soucis si vous m'aviez confronté à ce moment-là et rapporté les allégations de Violet.

— Vrai ou faux, vous auriez nié, dit-elle simplement.

— Natalia aurait confirmé mes propos si vous le lui aviez demandé.

— Natalia vous adore. Elle dirait n'importe quoi pour votre défense.

— Alors, vous ne me croyez toujours pas ?

— Je ne sais plus quoi penser…

Soudain, elle rit, le son cristallin tranchant dans la tristesse ambiante, mais son rire était dénué d'humour.

— Vous m'avez menée en bateau pendant deux jours. Il faudrait que je sois folle pour vous faire confiance et, franchement, je ne fais confiance à personne. Surtout pas aux hommes riches qui ont l'habitude d'écraser tous ceux qui se mettent en travers de leur chemin ou se croient au-dessus des lois. Or, vous êtes l'un des hommes les plus puissants au monde.

Lui tournant le dos, Carrie s'approcha du muret en pierres qui séparait son jardin immaculé des rochers et du sable menant à sa plage privée. Posant ses mains dessus, elle offrit son visage aux étoiles, le clair de lune conférant à sa silhouette une apparence éthérée. La voir ainsi éveilla en lui des sensations étranges.

Il voulait toucher cette peau lumineuse. Il voulait la saisir par les épaules et lui faire entendre raison.

Il la rejoignit en quatre enjambées.

— Je dis la vérité et vous le savez très bien, argua-t-il, se tenant derrière elle et posant une main sur son bras. Votre sœur vous a menti. Je le sais et vous le savez.

Elle se figea.

— Je suis journaliste, dit-elle. J'ai besoin de preuves.

— Vous avez menti pour vous infiltrer dans ma vie, lui rappela-t-il. Qu'en était-il de vos preuves, à ce moment-là ?

— Je l'ai fait dans l'espoir de trouver ces preuves, mais cela n'a plus d'importance maintenant. Vous n'avez plus rien à craindre. Les cadavres dans votre placard pourront rester cachés. Vous allez poursuivre votre vie, et je vais rentrer à Londres et essayer d'oublier toute cette sinistre histoire. Heureusement, j'ai réussi à faire arrêter James pour ses crimes. Maintenant, ôtez votre main de moi.

Carrie avait beau lui tourner le dos, elle était douloureusement consciente de son regard rivé sur elle.

Il fit ce qu'elle lui demandait mais, l'instant d'après, il se pressait contre elle.

— Vous croyez que c'est fini, *matia mou*, et que je vais vous laisser partir comme ça ? murmura-t-il à son oreille.

Carrie avait fermé les yeux, mais la chaleur de son corps l'enveloppait, son souffle jouait avec les mèches de ses cheveux et caressait son cou.

Comment cet homme pouvait-il encore produire sur elle un effet aussi puissant ? Qu'il dise la vérité ou non à propos de son amitié avec James et de son rôle dans le renvoi de Violet, il s'était bel et bien joué d'elle.

Serrant les poings, elle lui fit face.

— Vous m'avez dit que je ne pourrai pas partir d'ici avant de vous avoir dit la vérité. C'est maintenant chose faite, donc je peux m'en aller.

Avec un petit rire, il recula d'un pas. Mais il était encore trop proche à son goût.

— C'est vrai, murmura-il d'un ton songeur, mais je n'ai jamais dit que vous partiriez sans moi. J'ai certes déjoué votre tentative d'infiltrer ma vie et mon entreprise, mais, à cause de vous, certains journalistes parmi les plus respectés du monde se demandent quel genre d'homme je suis vraiment. Des rumeurs me concernant circulent déjà dans les médias. Vous avez éveillé les soupçons, *matia mou*.

— Je leur dirai que j'ai fait une erreur.

— Ce ne sera pas suffisant, riposta-t-il. Chaque fois que mon nom apparaîtra, les doutes resurgiront et mon entreprise fera l'objet d'examens minutieux.

— Si vous n'avez rien à cacher, vous n'avez aucun souci à vous faire.

— Si seulement c'était si simple, fit-il en s'écartant enfin d'elle.

Il se dirigea vers la table pour saisir la bouteille de whisky.

— Il suffit de quelques interrogations et le doute est semé, ajouta-t-il. Mes clients me confient leur argent car ils me font confiance et apprécient mon éthique. J'ai pris grand soin de cultiver ma bonne réputation, raison pour laquelle j'ai refusé de m'allier avec James, dont je me méfiais. Quand la confiance est entachée par le doute, alors les conséquences peuvent être désastreuses — je l'ai appris de l'expérience amère de mes parents. En ce qui me concerne, je ne prendrai aucun risque avec mon entreprise ou ma réputation.

Il se versa un verre et laissa échapper un soupir de regret. Tous les sens de Carrie se mirent aussitôt en alerte.

— Une seule chose tuera les soupçons de vos collègues et de tous ceux qui savent que vous avez enquêté sur moi. Le mariage.

Stupéfaite, elle le fixa sans mot dire. C'était une blague…

— C'est la seule chose qui fonctionnera. Vous êtes une journaliste respectée et réputée intrépide. Vous vous battez pour la justice. Si vous m'épousez, tout doute concernant ma société sera levé.

L'idée d'épouser Carrie avait effleuré l'esprit d'Andreas sitôt qu'ils étaient montés dans l'avion, mais il avait espéré que ce plan ne verrait jamais le jour. Être soupçonné de détournements de fonds était grave. Il devait tuer les rumeurs dans l'œuf.

— C'est la chose la plus stupide que j'aie jamais entendue, dit-elle dans un souffle.

Andreas but une gorgée, heureux de son goût épicé.

— Vous avez le choix. Soit vous m'épousez soit j'envoie une copie de vos aveux à votre journal, à mon avocat et à la police. Je ne sais pas combien de lois vous avez enfreintes, mais vous avez certainement transgressé les règles d'éthique auxquelles vous semblez aspirer. Épousez-moi ou vous êtes finie. Vous risquez même d'aller en prison.

— Quels aveux ? riposta-t-elle. Je n'ai rien signé.

Avec une lenteur délibérée, il extirpa son portable de sa poche.

— Non, souffla-t-elle.

— Eh oui, renchérit-il en souriant. J'ai tout enregistré.

Pour le prouver, il appuya sur lecture. Le son grésilla dans le silence de la nuit :

« — Vous savez qui je suis, n'est-ce pas ?

— Oui, *matia mou*, je sais que vous êtes Carrie Rivers, la journaliste d'investigation. »

— Espèce d'ordure ! Donnez-moi ce téléphone.

Elle fondit sur lui, le corps tremblant de rage, cherchant à s'emparer de l'appareil.

— Certainement pas, répondit-il en remettant le portable dans sa poche.

Le regard qu'elle lui lança était glacial.

— Je ne vous croyais pas si sournois et fourbe.

Il haussa les épaules, indifférent.

— C'est vous la journaliste. Tromper les gens est une seconde nature chez vous, comme vous l'avez déjà démontré. Vous aviez l'intention de me réduire à néant. Je me réserve donc le droit de me protéger, avec les moyens dont je dispose. Vu les circonstances, je pense être assez généreux. Je vous donne l'occasion de sauver votre emploi, votre liberté et votre vie privée — sans oublier la bonne réputation de votre journal. Oh ! et votre sœur.

Carrie écarquilla les yeux.

— Violet ? Laissez-la en dehors de tout ça.

— Comment serait-ce possible quand tout tourne autour d'elle ? N'oubliez pas que notre conversation a été enregistrée. Combien de temps faudra-t-il avant que les tabloïdes ne s'emparent du sujet, à votre avis ? Tout ce que vous avez à faire est de m'épouser pour disons… six mois. Oui, six mois me semble correct. Après ce laps de temps, je détruirai l'enregistrement et les sauvegardes que j'en aurai faites.

— Vous ne pouvez pas exiger de moi que je renonce à six mois de ma vie !

Il la dévisagea avec pitié.

— Vous auriez dû y penser avant d'entamer votre vendetta contre moi. Je suis un homme bon, loyal envers ma famille et mes amis. Je ne trompe et n'escroque personne, mais il ne faut pas me chercher, *matia mou*. Vous devez désormais assumer les conséquences de vos actes.

Les épaules voûtées, elle s'affala sur une chaise.

— Je vous sers un verre ? dit-il en s'asseyant à côté d'elle.

Elle secoua la tête.

— Vous n'avez sûrement pas envie de m'épouser.

— Je ne veux pas me marier du tout, et encore moins avec vous.

— Ne le faites pas, alors.

— Je ferai tout ce qui est nécessaire pour protéger mon entreprise et ma réputation, assura-t-il en la fixant dans les yeux. J'attends depuis plus de quinze ans d'avoir la liberté de faire ce que je veux. Je peux bien attendre six mois de plus. Et être marié avec vous pourrait être amusant.

— Ce sera l'enfer, j'y veillerai.

Il éclata de rire.

— J'en suis sûr, *matia mou*, mais vous allez tout de même m'épouser. Mon cousin se marie samedi prochain. Je vous ferai venir comme invitée, et nous annoncerons nos fiançailles à ce moment-là.

— Quoi ?

Ignorant son indignation, il poursuivit calmement.

— Nous nous marierons à la fin du mois. Plus vite ce

sera fait, plus vite nous pourrons nous séparer et reprendre une vie normale.

— Personne n'y croira, s'écria-t-elle sur un ton proche de l'hystérie. Je ne veux pas me marier, et encore moins à un homme riche, et tout le monde au bureau le sait.

— Vous avez été très claire à ce sujet, rétorqua-t-il sèchement. On pourrait presque croire que vous avez un préjugé contre les hommes puissants.

— C'est le cas.

— Vous allez donc devoir convaincre les gens que vous êtes tombée amoureuse de moi, dit-il en caressant ses cheveux du bout des doigts.

Elle repoussa sa main d'un geste brusque.

— Impossible, siffla-t-elle entre ses dents. Je vous déteste.

— Ça tombe bien, moi aussi. Cela promet d'être amusant.

— Amusant ? riposta-t-elle. Vous êtes fou !

— Pas fou, non. Pragmatique. Je peux vous haïr pour le tort que vous auriez pu me causer, ou apprécier l'ironie de vous avoir pour épouse. Vous pourrez vous comporter comme bon vous semble à huis clos, mais vous devrez jouer les amoureuses en public. En effet, si quelqu'un doute de notre relation, notre pacte sera annulé : je révélerai au monde vos agissements et le nom de votre sœur sera traîné dans la boue. Si vous jouez le jeu, en revanche, nos réputations respectives resteront intactes et Violet pourra rester cachée.

Elle prit une profonde respiration, tandis que son regard de haine se muait peu à peu en résignation.

— Comment puis-je être certaine que vous détruirez l'enregistrement ?

— Je suis un homme de parole et, si vous remplissez votre part du contrat, je respecterai la mienne.

Capturant son visage entre ses mains, il en caressa la

peau soyeuse. Comme elle levait de nouveau la main pour le repousser, il la saisit et l'attira contre lui.

— Ne me dites pas que vous n'appréciez pas mes caresses, *matia mou*, souffla-t-il. Nous nous sommes enfin montrés honnêtes l'un envers l'autre, alors pourquoi continuer à faire semblant ? Il y a cette attirance entre nous, ce désir… Nous allons vivre ensemble durant de longs mois, alors pourquoi le nier ?

Elle soutint longuement son regard, puis rejeta la tête en arrière, le regard plein de défi.

— Vous souffrez de ce que j'appelle le délire de l'homme riche.

— Ah, oui ? Et de quoi s'agit-il ? demanda-t-il en portant sa main à ses lèvres.

— C'est un syndrome rencontré uniquement chez les hommes fortunés.

La voix de Carrie avait baissé d'une octave. Captivante, séductrice, elle caressait sa peau et s'infiltrait au plus profond de son être.

— Il se croit irrésistible. Je comprends parfaitement pourquoi un homme comme vous souffre de ce syndrome — votre fortune agit comme un aimant sur de nombreuses femmes. Résultat, vous pensez que toutes les femmes sont sous votre charme. Vous ne comprenez pas qu'une femme peut vous regarder sans pour autant avoir envie de coucher avec vous.

Se levant, elle repoussa gentiment sa main et captura à son tour son visage, le bout de son nez touchant presque le sien. Du bout des doigts, elle effleura sa joue, faisant naître en lui des frissons, tandis qu'un feu intérieur se propageait au plus profond de son être.

— Je ne vous désire pas, dit-elle dans un souffle. Si c'était le cas, je ne pourrais pas faire ceci…

Les lèvres pleines et pulpeuses dont il rêvait depuis des jours vinrent effleurer les siennes en un doux baiser.

L'espace d'un instant, Andreas ne fit rien, à part fermer les yeux et savourer cet instant, sans doute le plus érotique de sa vie.

Les lèvres de Carrie se pressèrent un peu plus contre les siennes, et il perdit bientôt le contrôle de ses sens. Alors qu'elle hésitait, il noua un bras autour de sa taille et la serra contre lui. Quand il l'attira sur ses genoux, elle poussa un petit cri et il en profita pour insinuer sa langue dans sa bouche, en proie à un désir presque délirant. Ses lèvres étaient douces comme de la soie et se moulaient à la perfection aux siennes, tandis qu'il approfondissait son baiser, savourant son goût exquis et la fermeté du corps pressé contre le sien.

Elle glissa ses doigts fins dans ses cheveux, tout en répondant avec frénésie à ses baisers. Elle était faite pour lui, songea-t-il avec confusion, comme il effleurait son dos, puis son ventre. Elle se raidit à ce contact et poussa un gémissement à peine audible. Faisant remonter sa main, il caressa le dessous de son sein, se délectant de sa douceur à travers le fin tissu de sa robe.

Brusquement, elle s'écarta de lui et se leva. L'air bouleversé, elle lissait maintenant sa robe, tête baissée.

Andreas était si excité qu'il ne parvenait plus ni à réfléchir ni à parler. Seuls leurs respirations haletantes et les battements erratiques de leurs cœurs étaient perceptibles dans le silence de la nuit.

Lorsque Carrie le regarda enfin, elle avait repris contenance et il se serait fait avoir si sa voix légèrement haletante ne l'avait pas trahie.

— Vous voyez ? Si je vous désirais, je ne pourrais pas vous quitter après ce baiser.

Sur ces mots, elle tourna les talons et se dirigea vers les portes-fenêtres avec dignité. Mais un léger trébuchement lui révéla qu'elle était affectée par ce qu'ils venaient de partager.

— La prochaine fois, *matia mou*, tu ne me quitteras pas, lança-t-il d'une voix rauque.

— Il n'y aura pas de prochaine fois.

— Tu veux parier ?

Sans se retourner, elle disparut dans la maison.

# 7.

Allongée tout habillée dans son lit étroit, Carrie n'arrivait pas à dormir. Pourquoi diable n'avait-elle pas pensé à dormir dans une autre chambre, loin d'Andreas ? Elle était tentée de quitter la petite pièce dès maintenant mais craignait de le rencontrer sur le palier. Elle n'avait plus aucune raison de rester si proche de lui ; il n'allait pas la licencier, après tout !

Elle laissa échapper un rire hystérique qu'elle étouffa aussitôt dans l'oreiller. Était-elle devenue folle ? Le soleil magnifique de ces deux derniers jours lui avait-il fait perdre la raison ?

C'était une explication comme une autre, conclut-elle, dans l'espoir de justifier son comportement.

Vingt minutes après s'être glissée sous les draps, elle n'arrivait toujours pas à s'expliquer pourquoi elle avait joué avec le feu. Elle avait voulu effacer le sourire suffisant du visage d'Andreas, mais les choses étaient allées trop loin. Elle était allée trop loin.

Ses caresses avaient enflammé ses sens. Elle pouvait encore sentir ses lèvres sur les siennes, son corps pressé contre le sien. Ce souvenir suffisait à faire naître en elle des sensations jusqu'alors inconnues.

Son premier baiser.

Elle serra les dents, frustrée. Au lieu de se remémorer

ce baiser torride, elle ferait mieux de trouver un moyen de se sortir de cette situation inextricable…

Se marier ! Avec lui ! Et dire qu'il était sérieux.

Si son avenir seul avait été en jeu, elle l'aurait envoyé paître. Hélas pour elle, Andreas détenait une carte maîtresse : Violet. Carrie avait risqué son emploi et sa liberté en se lançant dans cette enquête, mais Andreas possédait un enregistrement dangereux. Si elle refusait de suivre son plan, il n'hésiterait pas à divulguer l'affaire auprès de la presse à scandale. Non seulement sa carrière s'en trouverait détruite, mais, surtout, le monde entier serait au courant du comportement déplorable de sa sœur.

Elle ferma les yeux, luttant contre une soudaine bouffée de panique. Cet enregistrement ne devait jamais être connu du public. La santé de Violet était encore trop fragile. Pas question que sa sœur ait une excuse pour replonger dans ce monde sordide qui l'avait presque tuée.

Un rayon de lumière blafarde filtra à travers les persiennes. La nuit se dissipait, le soleil se levait et Andreas n'était toujours pas venu se coucher. Avec un soupir, elle se retourna, dos à la porte.

À quoi bon changer de chambre ? songea-t-elle, les larmes aux yeux. Elle allait vivre sous le toit d'Andreas pendant six mois.

Elle était prise au piège.

Andreas sortit sous le porche et inhala l'air marin dans l'espoir de sortir de sa léthargie. Se coucher après le lever du soleil n'était pas idéal pour bien dormir, mais il avait jugé préférable d'attendre avant d'entrer dans une chambre contiguë à celle de Carrie.

Il avait rêvé d'elle — un rêve sulfureux et érotique — et s'était réveillé avec le goût de ses baisers sur la langue. D'ordinaire, il ne se souvenait pas de ses rêves, mais celui-ci lui avait semblé si réel qu'il lui collait encore à la peau, tout comme les vrais baisers qu'ils avaient partagés.

Il sourit en se remémorant comment Carrie avait trébuché en pénétrant dans la maison. Elle avait voulu paraître nonchalante mais n'était pas parvenue à le tromper. Elle le désirait, comme l'avaient prouvé ses baisers torrides et son corps pressé contre le sien.

Se croyait-elle vraiment capable de résister à cette attirance durant les six mois que durerait leur mariage ? Elle s'y efforcerait, en tout cas.

Cette femme n'était pas simplement entêtée. Rien ne pouvait la faire dévier du chemin qu'elle avait tracé. Une détermination qui lui avait permis de faire un excellent travail en tant que journaliste d'investigation.

Elle était tout aussi résolue dans sa vie privée. Elle avait apporté un soutien indéfectible à sa sœur, jusqu'à refuser d'admettre la vérité.

Et dire que Carrie le croyait ami avec un monstre ! Comment avait-elle pu le juger capable de donner de la drogue à une gamine et de faire usage de son pouvoir pour mieux écraser ses adversaires ?

Dans le monde qui était le sien, Andreas avait croisé beaucoup d'hommes abusifs. Des hommes qui agissaient comme bon leur semblait, sans se soucier des autres. Jusqu'à ce que des journalistes tenaces comme Carrie les fassent tomber.

Il ferma les yeux, s'efforçant d'évacuer sa colère. Il ne voulait pas vivre dans la haine, comme son père l'avait fait. Celui-ci avait vu son activité détruite par ses concurrents. La rancœur qu'il avait nourrie à leur encontre l'avait conduit tout droit à l'hôpital. Andreas préférait aller de l'avant. Et punir ceux qui le méritaient.

Carrie, en revanche, avait gardé sa haine intacte durant trois ans. Elle avait attendu son heure, avait anéanti

James en premier, puis décidé que le moment était venu de s'attaquer à lui.

Andreas éprouvait une grande satisfaction à l'idée d'avoir tué dans l'œuf les projets de Carrie. L'épouser permettrait de sauver son entreprise et sa réputation. Et les six mois de leur mariage seraient vite passés. Il avait attendu quinze ans pour être libre et pourrait bien patienter quelques semaines de plus.

Au moins, ces quelques mois viendraient-ils chahuter un peu le plan si bien établi de son existence ! Depuis qu'il avait quitté l'île de Gaios pour l'Amérique, il avait planifié sa vie entière : travailler dur et s'amuser à l'université, travailler dur et s'amuser en bâtissant son empire financier. Lorsqu'il aurait profité de tout ce que la vie pouvait lui offrir, il se marierait et fonderait une famille.

De ces trois objectifs, seul le premier avait été atteint et il se rappela avec nostalgie ses années universitaires. À peine avait-il eu son diplôme en poche qu'il avait appris la situation désastreuse de ses parents.

Un mouvement derrière lui le fit se retourner. Un des domestiques lui apportait une légère collation.

— Avez-vous vu Carrie ? s'enquit-il.

Il avait frappé à sa porte au moment de quitter sa chambre et, comme il n'obtenait aucune réponse, avait jeté un coup d'œil et trouvé sa chambre vide, le lit fait.

Le domestique secoua la tête.

— Voulez-vous que j'aille à sa recherche ?

— Inutile. Prévenez-moi quand vous la verrez.

Elle n'avait pas pu aller loin, se rassura-t-il. Il ne gardait qu'une voiture ici dans une remise en cas d'urgence et il n'y avait qu'une seule route pour quitter la péninsule. Il était donc impossible pour elle de prendre sa voiture ou son hors-bord sans que quelqu'un la voie ou l'entende.

Il se versait une tasse de café, lorsqu'il aperçut une silhouette marchant sur la plage dans sa direction. Il laissa échapper un soupir de soulagement, tandis que le souvenir du baiser de la veille l'assaillait de nouveau.

— Bonjour, *matia mou*, dit-il quand elle l'eut rejoint. Tu as pris ton petit déjeuner ?

Elle secoua la tête, les yeux cachés derrière ses lunettes de soleil. Aujourd'hui, alors que la température avoisinait déjà les trente degrés, elle portait la tenue dans laquelle il l'avait reçue en entretien — un pull-over en cachemire et un pantalon gris qu'elle avait retroussé jusqu'à mi-mollet. Elle était pieds nus.

— Café ? proposa-t-il en tendant la main vers la cafetière.

Après une légère hésitation, elle hocha la tête et prit place sur le siège le plus éloigné de lui.

— Je ne pensais pas que vous saviez verser le café.

— Et si tu me tutoyais ? Après tout, nous sommes fiancés maintenant. Pour le reste, sache que je n'ai jamais attendu de mes employées qu'elles accomplissent les corvées serviles que j'ai exigées de toi.

Il versa le café, ajouta un soupçon de lait et une cuillerée de sucre, avant de pousser la tasse vers elle.

— Merci, dit-elle, un léger sourire aux lèvres. Je ne savais pas que tu avais prêté attention à la façon dont je prenais mon café.

— Je prête attention à tout, *matia mou*. À tout ce qui te concerne, en particulier.

Elle rejeta la tête en arrière, puis attacha ses cheveux.

— Tu as chaud ? railla-t-il. Peut-être devrais-tu envisager de porter une tenue plus adaptée à la météo ?

Elle saisit sa tasse, qu'elle entoura de ses deux mains.

— Maintenant que je ne suis plus ta domestique, je peux porter ce que je veux — en l'occurrence, des vêtements qui ne révèlent pas une grande partie de mon anatomie.

— Tu as peur d'exciter mes fantasmes ?

— Ne me fais pas dire ce que je n'ai pas dit.

— J'ai réussi à refréner mes ardeurs jusqu'ici, dit-il en

prenant un petit pain qu'il coupa en deux. As-tu oublié que c'est toi qui m'as embrassé, *matia mou* ? Crois-tu pouvoir me résister en te cachant sous des vêtements ?

— Ce baiser ne signifiait rien pour moi.

— Je n'y crois pas une seconde. Mais, pour lever toute ambiguïté, sache que tu pourras m'utiliser chaque fois que tu voudras prouver que tu ne me désires pas. Je suis à ta disposition — de jour comme de nuit.

Sur ces mots, il mordit dans son petit pain.

Les mains tremblantes, Carrie porta la tasse à ses lèvres, chassant les images torrides qui lui venaient à l'esprit.

Après trois heures de sommeil, elle s'était réveillée l'esprit embrumé de rêves érotiques. Puis, le souvenir de leur étreinte lui était revenu d'un coup — les paroles, les baisers…

Elle avait bondi du lit, sorti ses propres vêtements de l'armoire, où le personnel d'Andreas les avait rangés après les avoir lavés. Elle les avait revêtus comme une armure. Puis, elle était partie se promener sur la plage, prête à tout pour se libérer du désir qui frémissait en elle et se changer les idées. Cela n'avait servi à rien. Elle pouvait se couvrir de la tête aux pieds, elle se sentirait toujours nue devant Andreas. Elle pouvait marcher des kilomètres, son cœur s'emballerait encore pour lui.

Et Andreas en était conscient.

Reposant la tasse sur la table, elle s'efforça de se ressaisir. S'il avait désormais l'avantage sur elle, elle ne le laisserait pas prendre le contrôle de ses émotions et de ses sentiments.

— Je n'ai pas besoin de te prouver quoi que ce soit.

Sans se départir de son calme, il avala une bouchée.

— Tu as six mois pour t'en convaincre. Mais trêve de bavardage, tu devrais manger quelque chose. Nous partons bientôt.

— Où allons-nous ?

— Nous rentrons à Londres.

*Dieu merci !*

Tout irait mieux quand ils seraient de retour là-bas, se dit-elle, accueillis par un temps maussade et une pluie fine, au lieu d'un magnifique ciel bleu et des palmiers.

Elle se sentait chez elle à Londres. C'était son territoire.

— Et tes vacances ? s'enquit-elle d'un ton désinvolte pour cacher son soulagement.

— Nous avons un mariage à préparer, *matia mou*… Et puis, tu dois retourner au travail. Tu informeras tes collègues que tu es convaincue de mon innocence… et folle amoureuse de moi. Pour une actrice aussi douée que toi, cela ne devrait pas poser de problème.

Il se leva, un large sourire aux lèvres.

— Je vais me baigner avant notre départ. Tu te joins à moi ?

— Je n'ai aucune envie de faire quoi que ce soit avec toi.

Sans la quitter des yeux, il ôta son T-shirt d'un geste ample. Le soleil brillait sur son torse, accentuant la puissance de son physique d'athlète.

Une onde de chaleur la parcourut, comme elle se souvenait à quel point c'était bon d'être serrée dans ses bras…

— Tu dis une chose, *matia mou*, mais tes yeux en disent une autre, murmura-t-il. Je sais ce que je dois croire.

La sensation de son souffle chaud sur sa peau ne fut que passagère car, l'instant d'après, il s'éloignait vers la plage.

# 8.

Andreas attendait Carrie au pied de l'immeuble où elle travaillait. Lorsqu'il aperçut l'élégante silhouette franchir les portes tournantes, il lui fit un signe de la main. Elle rougit en croisant son regard et remit en place une mèche de cheveux qui s'était échappée de son chignon, avant de lisser son long manteau crème.

— Quelle agréable surprise, dit-elle en arrivant près de lui, d'une voix suffisamment forte pour que ses collègues, qui se hâtaient vers la station de métro voisine, puissent l'entendre.

Andreas était resté adossé à sa Bentley noire pendant près de vingt minutes, attisant la curiosité des occupants du bâtiment.

— J'ai pensé à toi toute la journée, souffla-t-il à l'oreille de Carrie, heureux de voir ses yeux briller à cet aveu.

Il avait à nouveau rêvé d'elle puis, des heures durant, n'avait songé qu'à leurs retrouvailles. En fait, le temps lui avait paru long jusqu'à leur rendez-vous. Cette fébrilité était certainement due à son impatience de lancer la rumeur de leur relation amoureuse. Certes, il désirait Carrie mais, plus que tout, il voulait préserver son entreprise.

— Je me demandais si je pouvais t'inviter à dîner ? ajouta-t-il d'une voix claire, afin d'être entendu des passants.

Elle détourna le regard.

— C'est une bonne idée…

— Parfait. Puis-je te raccompagner en voiture ?

— Si cela ne te dérange pas trop.

— Pas du tout, assura-t-il en souriant.

Il communiqua son adresse au chauffeur, puis il lui tint la portière ouverte, avant de s'installer dans la voiture à son côté.

À peine la portière fut-elle refermée sur eux que Carrie changea d'attitude. Elle se tenait droite à présent, genoux serrés et mains nouées sur les genoux.

— Ce doit être difficile pour toi de parler poliment plutôt que d'aboyer des ordres, fit-elle remarquer comme la voiture s'engageait dans la circulation.

— Un cauchemar, confirma-t-il. J'ai l'habitude qu'on m'obéisse au doigt et à l'œil. Comment s'est passée ta journée ?

Elle reposa sa tête sur le siège en cuir et ferma les yeux.

— Le comité de rédaction s'est réuni pour discuter de toi. J'ai raconté à mes collègues que je n'avais rien trouvé de compromettant à ton sujet et que mon indicateur s'était rétracté quand je l'avais recontacté pour avoir davantage de précisions.

— Et cela leur a semblé plausible ?

Il l'observait de près, cherchant à savoir si elle mentait.

— Il nous arrive de faire machine arrière quand une enquête piétine. Nous ne sommes pas un journal à scandale, nous traitons de sujets sensibles qui sont souvent d'intérêt national. Si un journaliste fait erreur, il doit être prêt à le reconnaître.

— Voudront-ils vérifier tes sources ?

Elle secoua la tête.

— Nos sources sont sacrées. Nous ne révélons jamais l'identité de nos informateurs, sauf accord de leur part.

Carrie effectua de légères rotations de la tête dans l'espoir d'apaiser les crispations de son cou. Ses collègues avaient pris son histoire pour argent comptant — l'intuition d'Andreas s'était révélée juste —, mais un sentiment de culpabilité s'était peu à peu propagé en elle.

À la pensée des mensonges éhontés qu'elle avait servis à ses collègues ces dernières semaines, elle en était malade. Elle avait été si sûre de la culpabilité d'Andreas, et tellement en colère contre lui qu'elle avait étouffé sa propre conscience. Maintenant, elle mentait à nouveau, mais que pouvait-elle faire d'autre ? Si elle ne menait pas à bien le plan d'Andreas, le nom de sa sœur serait traîné dans la boue et les chances de guérison de Violet seraient anéanties.

— Comment as-tu expliqué que j'étais au courant de ta véritable identité ?

Elle faillit hurler. Elle avait passé la journée loin d'Andreas, et pourtant il n'avait jamais quitté ses pensées. Elle aurait aussi bien pu l'amener au travail avec elle. Elle avait parlé de lui en réunion toute la matinée et passé l'après-midi à répondre aux questions de ses collègues. Comment était-il « en vrai » ? Était-il aussi beau que sur les photos ?

Cela avait été atroce. La moitié de ses collègues avaient pensé qu'elle avait le béguin pour lui sans qu'elle ait eu à dire quoi que ce soit. Andreas serait ravi de l'apprendre, mais elle se garderait bien de lui dire, bien sûr.

— J'ai dit que ton assistante n'avait finalement pas pu vérifier la véracité de mes références — ça au moins n'était pas un mensonge —, mais que, au moment où tu m'avais confrontée à ce sujet, j'étais déjà convaincue de ton innocence. J'ai déroulé le scénario que nous avions élaboré ensemble.

L'air détendu, il tourna la tête dans sa direction, mais elle regarda obstinément devant elle.

— Cela ne t'a pas plu de mentir à tes collègues, n'est-ce pas ? s'enquit-il en approchant son visage du sien.

Comment diable pouvait-il lire en elle si facilement ? Il la connaissait à peine.

— J'ai détesté, admit-elle. Mentir lors d'une enquête ne me gêne pas outre mesure, car je ne fais que réunir les informations nécessaires pour dénoncer des pratiques illégales et frauduleuses. Mais, là, c'est différent.

Tournant la tête, elle affronta son regard.

— Tu sais que j'accepte de t'épouser uniquement pour protéger Violet, n'est-ce pas ? Si seul mon avenir était en jeu, je te laisserais me jeter dans la fosse aux lions.

Du pouce, il effleura sa joue.

— Quelle chance a Violet d'inspirer tant de dévotion.

— Devons-nous vraiment nous marier ? fit-elle en soupirant. Mes collègues croient tous que j'ai fait une erreur. Je les ai convaincus qu'il n'y avait pas lieu d'enquêter sur toi.

Il l'observa longuement avant de répondre.

— Il faut des années pour bâtir une réputation mais seulement quelques minutes pour la compromettre. Sais-tu ce qui est arrivé à l'entreprise de mes parents ?

Elle secoua la tête.

— Ils possédaient leur propre compagnie de bateau-taxi.

— Comme une compagnie de taxi, mais sur l'eau ?

Il acquiesça. Son visage était si proche du sien qu'elle pouvait sentir son souffle chaud sur sa peau. Elle aurait dû s'écarter de lui, mais elle en était incapable. C'était comme s'il l'hypnotisait.

— Ils conduisaient les touristes et les locaux d'une île à l'autre. Ils possédaient aussi de plus grands bateaux qu'ils louaient à la journée à des clubs de vacances. Ils gagnaient bien leur vie… Lors de ma dernière année d'université, une entreprise rivale s'est installée, ajouta-t-il, le visage sombre. De vrais prédateurs. Ils ont saboté la flotte de mes parents. Un des bateaux affrétés a coulé ; un miracle qu'aucun des passagers n'ait été tué. Puis, des rumeurs ont circulé selon lesquelles ils embauchaient des repris de justice. Tu imagines l'impact de cette annonce sur une île habitée par des familles ! Les habitués ont cessé d'utiliser leurs taxis, les clubs de vacances ont rompu leurs contrats… En quelques mois, le travail de toute une vie était ruiné.

Carrie sentit un frisson glacé la parcourir.

— C'est terrible ! Qu'ont fait tes parents ?

Avec une grimace, il s'écarta d'elle.

— Ils ont tenté de se battre mais n'avaient pas les ressources nécessaires. Ils avaient engagé toutes leurs économies pour m'envoyer à l'université. J'avais obtenu une bourse, mais ils avaient payé le reste : mon logement, les billets d'avion… Je croyais qu'ils en avaient les moyens. Si j'avais su qu'ils se mettaient dans une situation financière si précaire, j'aurais travaillé davantage pour subvenir à mes besoins…

Il s'interrompit et secoua la tête.

— Ce qui est fait est fait, poursuivit-il, le regard fixé sur la vitre qui les séparait du chauffeur. Je ne peux pas changer le passé. Je ne suis pas rentré chez moi la dernière année. Ma vie était trop remplie entre les études, les filles et les soirées. J'étais trop occupé pour appeler mes parents régulièrement et ne les écoutais que d'une oreille quand ils me parlaient au téléphone. Je n'avais aucune idée de ce qui se passait. Ils ne voulaient pas m'inquiéter et ont fait promettre à ma sœur de ne rien dire. J'ai su la vérité lorsque j'ai obtenu mon diplôme.

— Aurais-tu pu faire quelque chose si tu avais été au courant plus tôt ?

— Si mes parents m'avaient prévenu dès le début, j'aurais peut-être pu faire peur à leurs rivaux et partager le fardeau avec eux. Une fois au courant de la situation, je les ai aidés à ma façon. Leur situation financière m'a encouragé à travailler de longues heures ; je les ai soutenus du mieux que j'ai pu, en payant les avocats notamment. L'affaire a été portée devant les tribunaux. Il nous a fallu quatre ans pour prouver notre bonne foi et faire inculper ces gens. Ils sont allés en prison pour leurs méfaits.

— C'est bien, affirma-t-elle avec véhémence.

Il tourna la tête vers elle, un léger sourire aux lèvres.

— Je me doutais que l'histoire de mes parents te mettrait en colère. Tu milites contre l'injustice.

— Je suis étonnée de ne pas l'avoir découverte, dit-elle en esquissant un sourire. J'ai pourtant fait une recherche approfondie sur toi.

Il ne sembla pas le moins du monde étonné de cet aveu et rit de bon cœur.

— Les échos dans la presse ont été minimes et en grec. Et puis, mon nom n'a sûrement pas été mentionné, car je n'étais pas encore connu au moment des faits.

— Comment vont tes parents aujourd'hui ?

— Bien. Mais, il leur a fallu longtemps pour se remettre de cette histoire, qui a affecté leurs finances mais surtout leur réputation et leur santé. Les amis, les voisins et bien des proches les ont laissé tomber. Quand l'affaire a été portée devant les tribunaux, la seule chose qui leur importait était de rétablir leur réputation. Depuis, ma mère a lutté contre différentes formes de cancer et mon père a subi un quadruple pontage. Perdre Tanya a failli les achever.

— Je suis désolée, murmura Carrie.

Son cœur se serra pour ces gens qui avaient connu tant de souffrances. Carrie savait ce que c'était que de perdre un être cher. Sa mère était morte depuis sept ans maintenant, mais il y avait encore des moments où le chagrin la saisissait — une chanson entendue à la radio, la vue de son shampoing sur un des rayons du supermarché... Des petites choses qui la faisaient penser à elle. Elle compatissait donc à son chagrin.

Lorsqu'il saisit sa main pour la porter à ses lèvres, elle se laissa faire.

— Il ne faut pas grand-chose pour détruire la réputation d'une société, dit-il sombrement, tout en effleurant de ses lèvres le bout de ses doigts. Je ne prendrai aucun risque. Épouser la femme qui est à l'origine des rumeurs me concernant est le meilleur moyen de les étouffer dans l'œuf.

Carrie le dévorait des yeux, étudiant son visage, ses traits virils…

— Nous sommes arrivés, dit-il. Vas-tu m'inviter à entrer chez toi ?

Reprenant ses esprits, Carrie s'écarta de lui, avant de manier maladroitement la poignée de la portière. Elle avait besoin d'air frais, et vite. Heureusement, le chauffeur vint à son secours et la libéra de l'habitacle où régnait le parfum d'Andreas.

Elle bondit hors de la voiture, accueillant avec soulagement la pluie froide sur son visage empourpré.

— Carrie ?

Elle prit une grande goulée d'air, avant de se tourner vers Andreas.

— Oui ?

Il la dévisageait, une lueur amusée dans le regard. Il devait probablement savoir. Il lisait en elle comme dans un livre.

— Nous irons demain réserver la date du mariage.

Elle haussa les épaules, feignant une nonchalance qu'elle était pourtant loin de ressentir.

— Et tu dois poser des congés pour le mariage de mon cousin. Il se tiendra à Agon, une île près de Crète. Nous nous y rendrons en avion ce week-end.

— Mais le mariage n'est pas avant quinze jours !

— Nous passerons la semaine précédente sur place. J'en ai déjà assez de la pluie anglaise.

— Je ne peux pas poser des congés dans un délai si court.

Elle avait cru qu'ils allaient passer les semaines précédant leur mariage à Londres, chez elle où elle était en sécurité…

Et pourtant, elle ne s'était pas sentie en sécurité assise à l'arrière de la voiture d'Andreas. La froide bruine anglaise n'avait pas refréné le désir insensé qui la poussait vers lui.

— Dis à ton patron que je t'accorde une interview exclusive.

Son ton était tranchant. Il ne souffrirait aucun refus de sa part.

— Très bien, mais j'attends de toi que tu m'accordes réellement cette interview exclusive.

— Il y a beaucoup de choses exclusives que je peux te donner, *matia mou*. Une interview n'en est qu'une parmi d'autres.

Ses paroles suggestives planèrent entre eux durant ce qui lui sembla une éternité.

— Je vais poser mes congés, lâcha-t-elle enfin.

Un sourire entendu joua sur les lèvres d'Andreas.

— Je viendrai te chercher dans deux heures.

— Pourquoi ?

— Je t'invite au restaurant, *matia mou*. Sauf si tu préfères me préparer un bon repas, dit-il avec un sourire lumineux. Je serais ravi de passer la soirée chez toi.

— De mon côté, c'est la dernière chose que je souhaite !

Il secoua la tête, l'air amusé.

— Ton corps et tes yeux me disent le contraire…

Elle se fit une joie de lui claquer la portière à la figure.

Une fois chez elle, Carrie s'adossa à la porte, cherchant à recouvrer son calme. Hélas, se retrouver dans l'intimité de sa maison n'avait rien changé : Andreas avait gardé le pouvoir de la troubler…

*
* *

Bien qu'elle l'attendît depuis dix minutes, le coup frappé à la porte fit sursauter Carrie, tandis que son cœur déjà bien éprouvé se mettait à danser la sarabande.

Elle vérifia une dernière fois son apparence dans le miroir, lissa ses cheveux, puis descendit l'escalier. Ses chaussures l'attendaient devant la porte d'entrée. Elle les enfila, saisit son manteau.

Après seulement cinq jours à Londres, il était temps de ressortir son passeport.

Elle ouvrit la porte, et trouva Andreas debout dans l'embrasure, vêtu d'un costume bleu marine et d'une chemise blanche à col ouvert.

— Bonjour, *matia mou*. Tu es toujours aussi belle.

Elle leva les yeux au ciel.

— Cesse cette comédie. Personne ne peut t'entendre.

Au cours des cinq derniers jours, ils étaient « sortis » quatre fois dans des restaurants où les paparazzis aimaient se rendre. Comme Andreas était un homme qui s'était toujours montré discret dans sa vie privée, les journalistes s'étaient jetés sur l'occasion d'en savoir un peu plus sur lui.

Les efforts que Carrie avait jusqu'à présent déployés pour dissimuler son visage à la vue du public avaient été vains. Le scoop selon lequel le milliardaire grec, Andreas Samaras, fréquentait la journaliste respectée, Carrie Rivers, avait échauffé les esprits à un point qu'elle n'aurait jamais imaginé.

Son nom serait lié au sien pour toujours.

— Je ne fais qu'énoncer la vérité. Tu es très belle.

Une douce chaleur monta en elle, un sentiment désormais familier.

Lorsqu'ils dînaient au restaurant, il la fixait avec le même regard intense, tandis qu'il l'interrogeait sur son travail et ses centres d'intérêt. Elle avait été surprise de voir combien tout cela avait été si… facile. Elle s'était attendue à une certaine gêne entre eux, mais Andreas menait la conversation avec une facilité déconcertante, montrant un humour qui l'avait souvent fait rire, malgré elle.

À certains moments, elle avait même oublié pourquoi ils étaient là, oublié sa haine envers lui et surtout pourquoi elle le haïssait depuis trois ans.

Andreas exerçait un curieux effet sur elle. Il y avait cette alchimie, entre eux, dont elle se méfiait. Si elle refusait de boire de l'alcool en sa compagnie, c'est qu'il lui faisait déjà tourner la tête par sa seule proximité ! Elle ne pouvait se permettre de baisser la garde.

— Tes bagages sont-ils prêts ?

Elle acquiesça.

— Ma valise est dans la cuisine. Donne-moi une…

— Je vais te la chercher, la coupa-t-il, avant de passer devant elle pour entrer dans la maison. J'ai des documents à te faire lire avant notre départ.

Carrie laissa échapper un rire. Elle lui avait jusqu'à présent interdit l'accès à sa maison. C'était son domaine, son sanctuaire — le seul endroit où elle se sentait en sécurité, loin des turbulences que sa vie comptait et des violentes émotions qu'il suscitait en elle.

Avec un soupir, elle leva les yeux au ciel. Elle n'avait fait que retarder l'inévitable et, franchement, elle était surprise d'avoir réussi à le garder si longtemps hors de chez elle. Andreas savait ce qu'il voulait. Elle en avait eu la preuve quelques jours plus tôt, à la mairie. Alors que le créneau qu'ils avaient demandé était pris, Andreas avait obtenu gain de cause.

Carrie le suivit dans le long couloir, son amusement se muant en panique lorsqu'elle respira son eau de toilette. Elle ne pourrait plus jamais prendre ce couloir sans penser à lui…

— Comme c'est joli, s'écria Andreas en entrant dans la pièce lumineuse aux hauts plafonds. C'est beaucoup plus grand qu'il n'y paraît de l'extérieur. La maison est bien située aussi. Elle a dû coûter très cher.

— Sans doute. En tout cas, elle coûte une fortune à entretenir et à chauffer.

La maison donnait sur Hyde Park mais, lorsqu'elle était enfant, la valeur marchande d'un tel emplacement n'avait rien signifié pour elle. Elle se souvenait des jours heureux. Elle s'était souvent blottie contre sa mère sous un arbre pendant qu'elle lui lisait des histoires. Elle avait appris à Violet à faire la roue et à marcher sur les mains. Un jour, elle avait fait tomber sa glace dans le jardin et c'est sa petite sœur qui était accourue pour la réconforter, avec ses couettes et ses jambes potelées.

« Mange ma glace, Cawwie… », lui avait dit Violet.

Elle refoula les souvenirs doux-amers avant qu'ils ne transpercent à nouveau son cœur.

Elle avait parlé à Violet la veille encore mais, de nouveau, leur conversation était restée guindée. Carrie n'avait pas osé poser à sa sœur la question qui la taraudait, tant elle avait peur que cette dernière lui avoue avoir menti au sujet d'Andreas.

— J'habite ici depuis l'âge de quatre ans, expliqua-t-elle. Mon beau-père a acheté la maison quand il a épousé maman et elle l'a gardée après leur divorce.

Carrie l'avait héritée plus tard.

— Quels sont les documents que tu voulais que je regarde avant de partir ?

Il sortit une épaisse enveloppe de sa poche et la lui tendit.

— C'est une ébauche de notre contrat de mariage.

— Quel contrat de…, commença-t-elle, avant de secouer la tête. Bien sûr. Tu te protèges.

— N'importe qui dans ma position se protégerait, mais j'ai pris pour toi des dispositions plus qu'adéquates.

— Si ce document n'indique pas qu'en cas de divorce chacun repart avec ses biens propres, je ne veux pas le lire. Je ne veux pas de ton argent.

Andreas fixa un moment son beau visage fermé. Existait-il une personne plus butée que Carrie ? Il songea aux nombreux vêtements de marque qu'elle avait laissés aux Seychelles, les donnant à une des filles de Sheryl car elles avaient la même taille. Il le savait seulement parce que Sheryl, anxieuse, l'avait appelé pour s'assurer que sa fille pouvait les prendre.

Le comportement de Carrie ne l'avait guère surpris. Elle avait après tout préféré passer leur dernière journée là-bas à transpirer dans ses propres vêtements que de s'abaisser à porter les tenues qu'il avait sélectionnées pour elle. Cela l'avait malgré tout piqué au vif, tout comme son refus de prendre l'enveloppe qu'il lui tendait et d'en lire le contenu. Elle préférerait mourir de faim plutôt qu'accepter son argent.

Et dire qu'il avait cru qu'ils avaient progressé.

— Carrie, dit-il d'un ton posé. Je ne te donne que ce qu'un tribunal t'accorderait à notre divorce.

— Je n'en veux pas. Je gagne ma vie.

Il secoua la tête, à la fois incrédule et en colère.

— Tu es incroyable.

— Pourquoi ? Parce que je ne joue pas le jeu ? Je n'ai accepté ce mariage que pour protéger ma sœur. Je ne veux pas de ton argent.

— C'est ton dernier mot ? Es-tu sûre de vouloir renoncer à une petite fortune ?

— Oui, répondit-elle sans hésitation.

— Très bien. Je ferai établir un nouveau contrat stipulant que tu n'auras droit à rien.

Là-dessus, il déchira l'enveloppe et laissa tomber les

morceaux par terre. Puis, il souleva la grande valise posée près de la table.

— Maintenant que la question est réglée, nous pouvons y aller. Peut-être que le soleil te rendra plus aimable, même si j'en doute.

# 9.

Carrie ouvrit grand les portes-fenêtres. La salle de séjour de l'élégante villa où elle résiderait durant son séjour à Agon donnait sur un magnifique jardin. Les arbres fruitiers, en pleine floraison, emplissaient l'air de leur doux parfum. Elle inhala la fragrance printanière dans l'espoir de se détendre.

L'île était spectaculaire, montagneuse et surplombée d'un ciel azuré, mais la similitude avec les Seychelles s'arrêtait là. La péninsule d'Andreas était isolée, sa maison et celle de son chef cuisinier étant les seules à des kilomètres à la ronde. Agon était composée de villas opulentes et de plages au sable doré, contrairement aux Seychelles, dotées de sable blanc. L'atmosphère y était différente également.

Quoi qu'il en soit, la villa de Carrie était cossue et, si elle avait été dans un autre état d'esprit, elle aurait été ravie de séjourner dans une aussi belle maison.

Andreas partagerait-il les lieux avec elle ? Elle ne l'avait pas revu depuis que son chauffeur l'avait déposée avec leurs valises.

— Je viendrai te chercher à 19 heures pour dîner, lui avait-il seulement dit sans descendre de voiture.

Depuis leur départ de Londres le matin même, il n'avait pas échangé plus de trois mots avec elle. Ses valises étaient toujours devant la porte d'entrée. S'il avait prévu de séjourner là, elles auraient été déposées dans une des six chambres disponibles.

La gouvernante et un majordome avaient été là pour l'accueillir et lui montrer sa chambre, qui lui avait coupé le souffle. La pièce n'avait rien à voir avec le cagibi qui lui avait été alloué aux Seychelles. La gouvernante lui avait ensuite fait visiter la maison et donné le numéro de téléphone de la résidence du personnel, où une petite armée de domestiques vivait, prête à satisfaire ses moindres désirs à toute heure du jour et de la nuit.

Carrie était seule depuis maintenant trois heures, et le temps lui semblait interminable. Elle avait pris un bain dans sa magnifique salle de bains, puis enfilé un petit haut couleur pêche à fines bretelles et une jupe mi-longue dans les mêmes tons. Sa tenue était très similaire aux robes d'été qu'Andreas lui avait achetées, même si elle n'était pas aussi douce. Contrairement à Andreas, Carrie n'avait pas pour habitude de dépenser une fortune pour se vêtir.

Elle marchait de long en large dans sa chambre, vérifiant l'heure toutes les cinq minutes.

Lorsqu'il fut 19 heures, sa nervosité monta d'un cran. Elle avait mis Andreas en colère avec cette histoire de contrat de mariage. Or, loin de lui faire plaisir, cette pensée la rendait fébrile. Après tout ce qui s'était passé entre eux au cours de la semaine, elle avait oublié à quel point il pouvait se montrer furieux.

Il avait été en colère la nuit où la vérité de son identité avait été révélée, mais de façon différente. Ils avaient tous les deux été furieux l'un envers l'autre. Depuis, il s'était montré charmant et affable, et elle ne pensait pas qu'il jouait la comédie. Il était comme ça avec tout le monde, traitait les serveurs dans les restaurants avec déférence, comme si leur opinion sur le plat du jour lui importait vraiment.

Son refus d'ouvrir l'enveloppe avait dû le blesser d'une certaine manière, songea-t-elle, incrédule.

Des bruits de pas sur le sol marbré se firent entendre et elle se retourna pour voir Andreas debout devant elle, tenant un énorme bouquet de roses rouges à la main.

Leurs regards s'accrochèrent, et le cœur de Carrie fit un bond dans sa poitrine.

Les yeux d'Andreas ne reflétaient ni humour ni lueur dangereuse, pas même de la colère. Juste un calme inébranlable.

Il était vêtu d'un costume gris anthracite et d'une chemise noire, mais il y avait quelque chose de désordonné en lui. Ses cheveux étaient plus ébouriffés que d'habitude et ses joues étaient couvertes d'une barbe naissante.

— Offrande de paix, dit-il en lui tendant les fleurs.

Elle hésita un bref instant avant de les prendre.

— Merci, souffla-t-elle.

On ne lui avait jamais offert de fleurs auparavant.

Les yeux rivés aux siens, elle frotta son nez contre les délicats pétales. Ils sentaient merveilleusement bons.

— Tu es resplendissante, constata-t-il.

Le cœur battant, elle s'efforça de sourire, mais en fut incapable.

— Je vais essayer de trouver un vase, dit-elle en se dirigeant vers la vaste cuisine.

— Es-tu confortablement installée ? demanda Andreas en marchant à sa suite.

— Oui, merci.

Elle n'avait jamais trouvé aussi gênant de lui parler depuis leur premier entretien dans son bureau. À ce moment-là, elle avait craint d'être découverte. Sa peur actuelle était d'une tout autre nature.

— As-tu passé un bon après-midi ? demanda-t-elle.

— Il a été productif.

— Vraiment ?

Entrant dans la cuisine, Carrie posa les fleurs sur le plan de travail et se mit à la recherche d'un vase.

— J'ai eu une réunion, précisa Andreas.

Il ouvrit un placard et en sortit un vase en cristal.

— C'est ça que tu cherches ?

Elle le lui prit des mains avec un sourire de remerciement et faillit le lâcher lorsque leurs doigts s'effleurèrent.

*Respire*, s'intima-t-elle.

Elle remplit le récipient d'eau, puis ajouta un sachet de fertilisant. Elle prit une première rose qu'elle plaça dans le vase. Elle en prit une seconde, s'efforçant de se concentrer sur sa tâche et d'ignorer le regard qu'elle sentait posé sur elle.

Au moment où elle tendait la main pour prendre une troisième rose, Andreas se plaqua contre elle. Alors elle se figea, incapable de bouger, de respirer.

Andreas sentait le pouls de Carrie battre follement sous son pouce, seul mouvement de son corps immobile.

*Theos*, il la désirait tellement que c'en était devenu une souffrance de chaque instant. Il avait été si fâché contre elle, furieux de son refus obstiné de voir l'homme qu'il était vraiment.

Lorsqu'il l'avait déposée à la villa, il avait eu dans l'idée de prendre une chambre d'hôtel pour la nuit. Mais, en sortant de sa réunion quelques heures plus tard, il avait croisé une femme dans une voiture décapotable, dont les cheveux châtains étaient d'une couleur similaire à ceux de Carrie. Sa poitrine s'était contractée si fort qu'il avait dû lutter pour reprendre son souffle.

Pourquoi se souciait-il de ce que Carrie pensait de lui ? s'était-il demandé. Elle n'allait pas faire partie longtemps de sa vie, après tout.

Malgré les pensées qui l'animaient, il était entré chez un fleuriste et avait acheté un énorme bouquet de roses.

Il n'avait jamais acheté de fleurs à une femme auparavant.

Le regard que lui avait lancé Carrie lorsqu'il lui avait

tendu les fleurs avait coupé court à sa colère. Il y avait lu une vulnérabilité qu'il ne lui connaissait pas.

Il se pencha vers elle et enfouit son nez dans sa chevelure parfumée. Il avait besoin d'elle, besoin de la toucher, de la goûter… Jamais il n'avait autant désiré une femme.

Son corps était à un souffle du sien lorsqu'il captura son visage entre ses mains. Elle le fixait maintenant de ses grands yeux noisette et ses lèvres s'entrouvrirent, mais aucun son n'en sortit.

— Je vais t'embrasser, dit-il d'une voix rauque. Je vais t'embrasser jusqu'à ce que tu demandes grâce.

Alors, il posa ses lèvres sur les siennes…

Au début, elle demeura immobile, le souffle court. Il approfondit son baiser, l'amenant doucement à répondre à ses sollicitations. Butée, elle continua à résister, son corps tendu, ses lèvres pleines et sensuelles refusant de capituler.

Mais elle ne le repoussa pas et ne lui demanda pas d'arrêter.

Enhardi, il promena lentement sa bouche sur la sienne et fit courir sa main sur son dos. Elle fut parcourue d'un frisson et poussa un léger soupir. Lorsqu'il se rapprocha d'elle, la coinçant contre le plan de travail, elle poussa un hoquet de surprise.

Mais elle ne le repoussa pas et ne fit rien pour s'écarter de lui.

Sa bouche toujours sur la sienne, Andreas saisit ses hanches, puis d'un mouvement ample, il la souleva et la déposa sur le plan de travail. Elle ouvrit aussitôt les yeux et agrippa ses bras pour ne pas perdre l'équilibre. Durant un long moment, ils se regardèrent dans les yeux, le désir palpitant entre eux.

Elle finit par desserrer son emprise, mais ne le lâcha pas.

Soudain impatient de sentir à nouveau la douceur de ses lèvres, il écrasa sa bouche sur la sienne et écarta ses cuisses, s'engouffrant dans l'espace qu'il venait de créer, ne laissant aucun doute planer sur son état d'excitation, malgré l'épaisseur des vêtements qui séparaient leurs corps. La respiration de Carrie était saccadée, son souffle teinté de café s'infiltrait en lui.

Si elle ne répondait toujours pas à ses baisers, elle ne le repoussa pas lorsqu'il glissa ses mains sous son petit haut.

Sa peau était plus douce et soyeuse que dans ses souvenirs, nota Andreas, émerveillé. Il promena ses lèvres sur ses joues, son menton et son cou, les effluves de sa peau excitant ses sens déjà émoustillés. Jamais il n'avait ressenti pareille excitation. Son corps entier était en proie à une passion brûlante. Il aurait été prêt à donner sa fortune pour qu'elle lui rende ses baisers.

Or, si Carrie se laissait faire, elle ne donnait rien en retour. Elle s'accrochait obstinément à son refus.

Il l'embrassa à nouveau et frotta son nez contre le sien. D'une longue caresse sur son ventre, il la fit frémir, comme lorsqu'il l'avait embrassée sous le porche. Elle sursauta lorsqu'il caressa le dessous de son sein, et resserra instinctivement son emprise sur ses bras.

Capturant son visage entre ses mains, il plongea son regard dans le sien. Les sentiments qui animaient Carrie étaient visibles dans ses yeux perçants et dans ses lèvres entrouvertes, gonflées de désir.

Sans un mot, il fit courir son autre main sur les seins qu'il rêvait de toucher sans entrave, puis poursuivit sa lente exploration, promenant ses doigts sur son ventre, puis sur ses cuisses. Lorsqu'il rencontra l'ourlet de la jupe, il remonta le vêtement jusqu'à découvrir les cuisses de Carrie.

La main gauche de la jeune femme était toujours cramponnée à son bras, mais sa main droite…

Sa main droite était maintenant posée sur le ventre

d'Andreas ; il pouvait sentir la chaleur de sa peau à travers sa chemise.

Andreas serra les dents. Il ne souhaitant rien tant que d'échapper au carcan de ses vêtements, mais l'instinct lui dictait d'attendre encore un peu…

Déjà, Carrie se pressait contre lui, son corps agité de frissons et ses lèvres entrouvertes comme pour accueillir ses baisers…

Sans plus d'hésitation, il plaqua ses lèvres sur les siennes. Il sentit une légère réaction de sa part, avant qu'elle détourne la tête pour frotter sa joue contre la sienne. La main qui était posée sur son ventre caressait désormais son dos en lents mouvements circulaires.

Il remonta ses doigts sur sa cuisse dénudée jusqu'à ce qu'il atteigne le cœur de son intimité, et effleura du pouce le coton humide.

Lorsqu'il passa un doigt sous l'élastique de sa culotte, qui protégeait son secret le plus intime, elle sursauta et pressa son visage contre le sien. Il s'enhardit pour gagner le cœur de sa féminité et explora la douceur de son bouton gorgé de désir.

Fermant les yeux, il lui prodigua mille caresses, la pénétrant avec son doigt à un rythme de plus en plus soutenu, la faisant haleter jusqu'à ce qu'elle enfouisse sa tête dans son cou en poussant un cri. Agrippée à lui, elle fut secouée de spasmes.

Tandis qu'elle reprenait son souffle, Andreas l'entoura de ses bras et lui caressa le dos.

— Ne dis rien, souffla-t-elle dans son oreille, avant de s'écarter et de capturer son visage entre ses mains, l'implorant du regard. Je t'en prie, ne dis rien.

Croyait-elle qu'il allait se vanter de sa reddition ? Lui-même venait de vivre l'expérience la plus érotique, la plus époustouflante et… la plus touchante de sa vie.

En cet instant, il ne souhaitait qu'une chose : savourer le moment présent.

Carrie était bouleversée par les sensations qui l'assaillaient. Incapable de résister, elle embrassa Andreas. Le baiser doux qu'elle lui offrit devint vite ardent quand il y répondit avec passion.

La raison lui criait d'arrêter tout de suite cette folie. Mais elle ne s'était jamais sentie aussi vivante. En fait, elle ignorait jusqu'ici que son corps pouvait ressentir un plaisir aussi intense.

Elle avait pourtant lutté de toutes ses forces contre l'attirance qu'elle éprouvait pour Andreas, en vain. Il était venu à bout de ses résistances. Maintenant, elle voulait tout le reste, elle voulait lui donner autant de plaisir qu'il lui en avait accordé.

Il avait un goût si masculin, songea-t-elle, tandis qu'elle se noyait dans ses baisers et effleurait sa nuque de ses doigts. Pourquoi lutter contre ce qui lui semblait si juste ? De quoi avait-elle peur ?

Elle ne faisait qu'offrir son corps à Andreas, rien de plus. Pour la première fois de sa vie, elle allait laisser son corps la guider.

*Les soucis n'arrivent que lorsqu'on laisse ses rêves ridicules prendre le pas sur la réalité.*

Confusément, elle sentit qu'il la prenait dans ses bras et la soulevait du plan de travail. Plus tard, elle ne se souviendrait pas d'être arrivée dans la chambre, juste d'avoir été portée dans ses bras jusqu'au lit le plus proche.

Leurs regards étaient maintenant rivés l'un à l'autre.

Grisée par la dévotion d'Andreas, Carrie fit glisser son petit haut par-dessus sa tête et le jeta au sol d'un geste désinvolte. Avec des gestes malhabiles, elle entreprit de défaire les boutons de la chemise d'Andreas. À peine eut-elle fait sauter les trois premiers qu'elle posa les lèvres sur sa poitrine et inhala son odeur musquée. Sa peau était à la fois douce et veloutée. Andreas ôta le vêtement à la hâte. Puis, d'une main experte, il dégrafa son soutien-gorge, qu'il lança au loin.

Le regard qu'il posa pour la première fois sur ses seins nus était chargé d'un désir presque sauvage. Avec un soupir, il cueillit ses seins au creux de ses paumes. Puis il se mit à les caresser, sa bouche remplaçant bientôt ses mains.

Carrie poussa un cri de plaisir. Toutes les merveilleuses sensations qu'il lui avait fait découvrir reprenaient à nouveau vie, mais de façon beaucoup plus forte, cette fois. Le désir l'enveloppait tout entière, son corps réclamait avec avidité ses caresses et ses baisers.

Comme s'il devinait ses attentes, Andreas se débarrassa du reste de ses vêtements, avant de la déshabiller à son tour. Soudain, elle se retrouva totalement nue, offerte pour la première fois de sa vie au regard d'un homme.

Andreas, lui, ne portait plus que son caleçon.

Sans le quitter des yeux, Carrie s'agenouilla devant lui et posa ses mains sur sa poitrine. Elle fit ensuite courir ses doigts sur les muscles durs de son ventre jusqu'au sous-vêtement gris qu'elle fit glisser sur ses cuisses, libérant son sexe dur, fièrement érigé.

Elle déglutit, incapable de cacher sa surprise.

L'aperçu qu'elle en avait eu lorsqu'il était dans son bain… n'était rien comparé à ceci. Andreas était divinement beau.

Et il la buvait littéralement des yeux. Il porta la main de Carrie à ses lèvres, puis la fit descendre lentement sur son sexe, tenant sa main suffisamment lâche pour lui permettre de se libérer si elle le voulait.

Mais elle ne voulait pas se libérer, songea Carrie, émerveillée. Elle voulait le toucher. Ce soir, elle voulait tout de lui.

Se laissant guider par Andreas, elle prit son sexe dans sa main et le sentit palpiter entre ses doigts.

Il poussa un gémissement qui fit naître en elle un sentiment d'euphorie. La passion la gagnait, le pouvoir qu'elle détenait sur Andreas l'excitait autant que les caresses qu'il lui avait prodiguées.

Ivre de désir, elle ne put cacher sa déception quand il repoussa sa main.

— Je veux être en toi, souffla-t-il à son oreille, avant de l'embrasser avec une passion qui la laissa pantelante.

Mais son baiser s'arrêta bien trop rapidement et il se leva. Saisissant son pantalon à terre, il en sortit son portefeuille, d'où il extirpa quelques préservatifs.

— J'avais bon espoir, *matia mou*, dit-il avec un sourire canaille.

En un clin d'œil, il fut à ses côtés. Déjà, il la recouvrait de son corps et entreprenait à nouveau de l'embrasser sur la bouche, les joues, le cou. Ses mains expertes caressaient son corps, tandis qu'il marmonnait des mots grecs qui ajoutèrent à son émoi. Son sexe tendu pesait lourdement sur sa cuisse et, lorsqu'elle tendit la main pour le saisir, il l'en empêcha en saisissant son poignet.

— Plus tard, murmura-t-il. Tu pourras faire ce que tu veux de moi plus tard, mais maintenant je veux être en toi.

Elle l'embrassa, insinuant sa langue dans sa bouche, lui faisant savoir avec son corps combien elle le désirait, elle aussi.

Peu importait qu'elle fût encore vierge. Si elle s'était jusqu'ici interdit de passer à l'acte, elle ne voyait aucune raison de se priver encore d'un plaisir si intense et… nécessaire.

Toujours allongé sur elle, Andreas tâtonna pour trouver un préservatif dont il déchira le film plastique avec ses dents. Puis, il l'enfila prestement.

L'instant d'après, sa bouche capturait à nouveau la sienne. Du genou, il lui écarta les cuisses et se plaça à l'entrée de sa féminité. Alors, d'un mouvement puissant, il entra en elle, la plongeant dans un monde où le paradis et l'enfer se mêlaient en un tout.

Une vive douleur la transperça soudain, lui arrachant un petit cri. Andreas suspendit aussitôt son mouvement.

— Carrie ? fit-il, visiblement interloqué.

Mais son corps s'adaptait déjà à la sensation de l'avoir en elle, et la douleur diminua. Avec un sourire, il pressa sa bouche contre la sienne. Pendant de longs instants, ils se contentèrent de rester ainsi. Puis elle ferma les yeux lorsqu'il commença à bouger en elle, et là…

Elle se retrouva au paradis.

Il lui fit l'amour lentement. Il lui tint les mains serrées, tandis qu'il la pénétrait.

Oui, elle avait enfin trouvé le paradis.

Il se redressa ensuite sur les coudes et, le regard rivé au sien, il accéléra peu à peu le rythme, faisant monter le plaisir par vagues. Chamboulée par les sensations qui la traversaient, elle l'entoura de ses bras et fit courir ses doigts le long de son dos.

Les yeux fermés, elle se concentra sur les sensations qui la submergeaient, se soumettant au plaisir et à la magie de leurs ébats, jusqu'à ce qu'un orgasme foudroyant l'emporte. Son corps fut secoué de spasmes d'une violence inouïe, tandis qu'elle poussait un cri de jouissance.

Elle s'agrippa de toutes ses forces à Andreas. Ce qu'ils venaient de vivre leur appartenait, il n'y aurait jamais un autre…

Il captura à nouveau ses lèvres tout en poussant un râle de plaisir sauvage. Et, d'un violent coup de reins, il la rejoignit sur les cimes vertigineuses de l'extase.

# 10.

Lorsque Andreas se réveilla, il sentit le visage de Carrie pressé contre son torse, un bras et une cuisse posés sur lui. Il était en pleine érection, nota-t-il aussi.

Prenant une profonde inspiration, il roula sur le dos, faisant attention à ne pas déranger Carrie dans son sommeil. Mais elle suivit son mouvement, se lovant de nouveau contre lui.

La chambre était si sombre qu'il sut sans même regarder l'heure qu'il avait dormi longtemps. Il s'était endormi après avoir fait l'amour, comme la plupart des hommes, reconnut-il en souriant. Jamais il n'avait vécu une expérience aussi intense.

S'endormir dans les bras d'une femme était nouveau pour lui. Et il n'avait pas fait l'amour à une vierge depuis qu'il avait lui-même perdu son pucelage, à l'âge de dix-sept ans. Il avait promis le mariage à la jeune fille si elle acceptait de coucher avec lui — un mensonge éhonté inventé par tous les adolescents du monde pour parvenir à leurs fins. Après qu'ils s'étaient donnés l'un à l'autre, Andreas était parti en sifflotant sur son scooter, la cigarette à la bouche et fier comme un paon.

Il sourit à ce souvenir. Cela faisait des années qu'il n'avait pas pensé à Athena. Elle l'avait quitté pour un de ses amis quelques semaines plus tard, lui brisant le cœur pour au moins cinq minutes. À sa connaissance,

Athena et Stavros étaient toujours mariés, et dotés d'une ribambelle d'enfants.

Il passa la main sur les cheveux soyeux de Carrie.

Pourquoi la jeune femme avait-elle attendu si longtemps ? Comment avait-elle pu passer à côté des amourettes de jeunesse ? Pas de romances au bureau non plus ? Si lui-même était très strict là-dessus, et s'interdisait toute relation inappropriée, il ne s'attendait pas à ce que ses employés agissent de même. Libre à eux de faire ce qu'ils voulaient, tant que cela n'altérait pas la qualité de leur travail.

Carrie avait-elle voulu attendre l'homme idéal ?

Il effleura sa joue du doigt, songeant aux nombreuses raisons qui expliqueraient qu'elle soit restée vierge et aux répercussions de cette longue abstinence sur eux.

Comme elle enfouissait son visage dans sa poitrine, il sentit ses sens s'éveiller de nouveau. Et lorsque les doigts de Carrie s'aventurèrent vers son sexe…

L'instant d'après, il la pénétrait à nouveau.

Carrie était réveillée depuis longtemps sans oser bouger. Elle était sûre d'être seule dans l'immense lit, car la chaleur qui l'avait enveloppée toute la nuit était partie. Elle finit par prendre son courage à deux mains et se retourna lentement pour confirmer ce que son instinct lui dictait.

Andreas avait quitté la chambre.

Elle fixa l'empreinte qu'avait laissée sa tête sur l'oreiller puis cligna des yeux pour retenir ses larmes.

Qu'avait-elle fait ? Seigneur, qu'avait-elle fait ?

Elle avait fait l'amour avec lui — pas une fois, mais trois.

Elle était devenue une femme dans ses bras. Elle s'était sentie comme un joli papillon se libérant de sa chrysalide pour la première fois.

Andreas l'avait menée au paradis mais, maintenant que la lumière du petit matin se diffusait à travers les volets, le paradis semblait aussi lointain que la lune, et elle aurait voulu se fondre à nouveau dans sa chrysalide.

Comment devait-elle se comporter ? Comment se comportent les amants après avoir fait l'amour pour la première fois ?

Des amants ?

Carrie se couvrit le visage de ses mains en retenant ses sanglots. Elle ne voulait pas être la maîtresse d'Andreas, pas plus qu'elle ne voulait être sa fiancée factice, sa femme factice…

La porte s'ouvrit.

Rapide comme l'éclair, elle se retourna et ferma les yeux. Si elle faisait semblant de dormir, peut-être la laisserait-il tranquille.

Des bruits de pas résonnèrent sur le sol en marbre. De nouveaux parfums emplirent la chambre. Du café. Du pain frais.

L'instant d'après, le lit fléchit. Une main effleura sa tête.

Elle ne put s'empêcher de se raidir à ce contact. Retenant son souffle, elle roula sur le dos, tenant les draps serrés contre elle.

Andreas était assis sur le bord du lit, vêtu seulement d'un jean. Son regard était à la fois circonspect et intense.

— Bonjour, dit-il doucement.

Elle réussit à sourire, mais ne put émettre un son, tant sa gorge était serrée.

— J'ai apporté le petit déjeuner, enchaîna-t-il après un long silence. Il est sur le balcon.

Elle ne savait pas que cette chambre avait un balcon. Elle ne savait même pas dans quelle chambre elle se trouvait. Ce n'était en tout cas pas celle qui lui avait été attribuée.

— Accorde-moi une minute, murmura-t-elle.

Il hocha la tête et, bientôt, sortit sur le balcon.

Quand il eut refermé la porte-fenêtre derrière lui, elle

se leva et saisit ses vêtements abandonnés sur le sol, puis s'enferma dans la salle de bains.

Quelques heures plus tôt, elle n'avait ressenti aucune gêne à se montrer nue devant Andreas. Il avait embrassé et touché chaque centimètre carré de sa peau et elle avait été transportée par ce plaisir sensuel — un plaisir qu'elle n'aurait jamais imaginé : séduisant et addictif.

Elle avait été ivre de désir. Ivre de passion pour Andreas.

Maintenant, tout ce qu'elle voulait, c'était se cacher et oublier que tout cela était arrivé.

S'habillant à la hâte, elle s'aspergea le visage d'eau et lissa ses cheveux avec ses doigts du mieux qu'elle put. Un bref coup d'œil dans le miroir lui renvoya l'image d'une femme aux lèvres gonflées par les baisers.

Andreas mangeait une pâtisserie grecque lorsqu'elle le rejoignit sur le balcon.

— Café ? demanda-t-il aimablement.

— Oui, s'il te plaît, répondit-elle en prenant place en face de lui. C'est toi qui as tout préparé ?

— Bien sûr que non. J'ai demandé au cuisinier de le faire.

Son air faussement outragé la fit sourire.

— Mange quelque chose, dit-il en poussant une tasse dans sa direction. Tu dois être affamée.

Sa remarque lui fit aussitôt penser à leur dîner manqué. Et à ses roses…

— Qu'est-ce qui ne va pas ? s'enquit Andreas en la voyant se rembrunir.

— Ces pauvres roses. Je ne les ai pas…

Elle s'interrompit et saisit un petit pain.

Il comprit exactement pourquoi son visage s'était empourpré, et le désir le terrassa au souvenir de Carrie, hissée sur le plan de travail. La nuit qui avait suivi avait été l'une des meilleures de sa vie. Peut-être même la meilleure.

— La gouvernante les a ravivées, assura-t-il, se

souvenant de la façon dont Carrie avait frotté son nez contre les pétales.

Elle avait frotté son nez sur son ventre de la même façon…

Le désir se mua en passion brûlante. Le souvenir de ses ongles griffant son dos au moment de l'orgasme était si vivace qu'il pouvait presque les sentir à nouveau.

— Tant mieux ! Est-ce qu'elle sait que… nous n'avons pas dormi dans nos chambres respectives ? demanda-t-elle d'une voix si basse qu'il peina à l'entendre.

— Aucune importance, *matia mou*.

Elle le dévisageait maintenant, les yeux brillants de larmes.

Et dire qu'elle était restée vierge jusqu'à l'âge de vingt-six ans ! Il n'en revenait pas.

— Laisse-moi t'aider avec ça, dit-il en lui prenant des mains le pot de miel pour en dévisser le couvercle.

Elle n'avait jamais fait l'amour avant cette nuit, ne s'était jamais retrouvée face à un homme au réveil.

La vulnérabilité qu'elle avait montrée lorsqu'il lui avait offert des fleurs était encore plus palpable à cet instant. Et cela aurait dû constituer pour lui un avertissement : il s'aventurait en territoire dangereux et il était temps de faire machine arrière.

— Il n'y a pas de chambres attitrées ici, car la villa est à moi, dit-il d'un ton aussi posé que possible.

Elle plongea sa cuiller dans le pot de miel.

— Que veux-tu dire ?

— J'ai signé les papiers hier. C'est chez l'ancien propriétaire que je me suis rendu après t'avoir déposée.

— Tu l'as achetée ? Mais pourquoi ?

Il haussa les épaules.

— Je cherchais une villa à louer pour la semaine. Comme je n'ai rien trouvé qui me plaisait, j'ai regardé les maisons en vente et celle-ci était disponible.

— Tu as acheté une villa sur un coup de tête ? Sans même la voir ? s'étonna-t-elle en étalant le miel sur son petit pain.

— J'ai vu des photos et je connais très bien l'île. Cela fait un moment que je cherche à acheter une propriété ici. La villa est très bien située et offre beaucoup d'intimité. Alors, pourquoi pas ?

— Tu as déjà une maison de vacances.

— Ce ne sera pas une maison de vacances à proprement parler, comme ma propriété aux Seychelles. Je peux travailler ici. Agon est un pays prospère et indépendant avec une économie florissante et dont nombre de résidents cherchent à investir leurs liquidités. De plus, l'île est facilement accessible par avion ou par hors-bord d'Athènes. Le personnel connaît bien la maison et, pour une fois, je peux parler ma langue natale. Pour couronner le tout, le soleil est présent toute l'année.

— Pourquoi gères-tu tes affaires de Londres si tu détestes autant cette ville ?

— Je ne la déteste pas. En été, la ville est magnifique mais, le reste de l'année, elle est grise et maussade. J'ai grandi avec le soleil. Pour répondre à ta question, Londres n'a jamais été mon premier choix. Quand j'étais jeune, je voulais vivre aux États-Unis, raison pour laquelle je suis allé à l'université là-bas. J'avais des idées préconçues sur ce pays et je croyais que le soleil y brillait toute l'année comme à Gaios, dit-il, souriant au souvenir de sa naïveté et de son manque de connaissances en géographie.

La tension dans le corps de Carrie se relâchait peu à peu.

— Les hivers dans le Massachusetts furent un véritable choc, je peux te le dire, enchaîna-t-il. Lorsque j'ai obtenu mon diplôme, une entreprise d'investissement de Manhattan m'a proposé un poste avec un salaire exorbitant. Comme tu le sais, c'est à cette époque que mes parents étaient à genoux financièrement parlant. J'ai donc accepté le poste, travaillé dur et établi beaucoup de contacts pour voler par la suite de mes propres ailes, tout en essayant de ne pas mourir de froid durant les hivers glacials. Lorsque j'ai créé Samaras Gestion de Fonds, mon intention était de développer une succursale américaine, puis d'établir le siège social européen à Athènes. Londres et les autres capitales européennes auraient été des filiales. J'avais atteint le stade où je gagnais bien ma vie, mes parents jouissaient d'une bonne santé et étaient installés dans leur nouvelle maison…

— Leur as-tu acheté une maison ? coupa Carrie, l'air curieux.

— Dès que j'en ai eu les moyens. Ils ne voulaient plus rester à Gaios et je ne pouvais leur en vouloir, vu la façon dont ils y ont été traités, donc je leur ai acheté une maison sur l'île de Paros. On a tous pensé que leurs malheurs étaient enfin terminés, puis ma sœur et mon beau-frère sont morts.

Carrie prit une grande inspiration. Andreas avait parlé d'une voix monocorde, mais elle lisait une lueur de chagrin dans son regard. La mort de sa sœur l'avait bouleversé.

— Ils sont morts d'un empoisonnement au monoxyde de carbone, c'est ça ? demanda-t-elle d'une voix douce.

Il hocha la tête.

— Ils étaient partis en vacances fêter leur anniversaire de mariage. L'appartement où ils logeaient avait une chaudière défectueuse.

Elle se souvenait avoir lu le rapport d'enquête et avoir pleuré pour Natalia, leur fille orpheline, une jeune fille que Carrie avait accueillie chez elle les bras ouverts. Violet n'avait pas été la seule à éprouver du chagrin quand Natalia avait cessé de venir chez elles. La jeune fille et sa joie de vivre avaient aussi manqué à Carrie.

L'année avant son renvoi, Violet venait rarement à la maison sans son amie. Était-ce la raison pour laquelle

Carrie n'avait pas perçu le mal-être de Violet ? La vivacité et la bonne humeur de Natalia l'avaient-elles masqué ? Natalia était tellement à l'aise dans leur maison, se servant à boire si elle avait soif, mangeant des céréales si elle avait faim…

Si Natalia avait laissé tomber Violet, c'est que quelque chose de grave était arrivé. Même un oncle sévère n'aurait pu l'empêcher de garder le contact si elle l'avait voulu. Mais elle ne l'avait pas fait, car Andreas avait dit la vérité. Violet avait tenté de le séduire, elle avait frappé Natalia et s'était vengée en accusant Andreas d'être responsable de son renvoi.

Tout cela était arrivé parce que Violet n'avait pas voulu avouer à la personne qui l'aimait le plus au monde qu'elle avait acheté la drogue elle-même et qu'elle était en passe de devenir une toxicomane.

Violet avait menti pour sauver la face et pour se venger de l'homme qui avait refusé ses avances. Elle s'était retournée contre Andreas, faute de pouvoir atteindre l'ordure qui l'avait déflorée le jour de son seizième anniversaire. Dans l'esprit de Violet à ce moment-là, Andreas devait payer pour James : il s'agissait de deux hommes riches et séduisants, d'âge similaire…

Carrie sentit son cœur se glacer.

Si Violet avait tardé à accuser James Thomas de l'avoir séduite, elle avait fourni à Carrie les premières preuves dont elle avait besoin pour lancer une enquête contre lui. Sa sœur lui avait en effet transmis des photos floues prises à son insu sur son Smartphone et des séries de messages compromettants que la jeune fille avait sauvegardés.

En revanche, il n'y avait pas eu la moindre preuve contre Andreas. Carrie s'en était pris à lui uniquement sur les dires de sa sœur et celle-ci n'avait proféré que des mensonges.

— Carrie ? Ça va ? Tu es toute pâle.

Elle se tourna vers l'homme qu'elle avait voulu détruire. Comment pouvait-il supporter de la regarder — d'un air inquiet en plus ?

Elle pouvait toujours sentir ses caresses sur sa peau, ses baisers sur ses lèvres. Il lui avait fait l'amour comme si elle était la seule femme au monde.

Il aurait pourtant dû la détester. Peut-être était-ce le cas ?

Elle se détestait elle-même. Ce qu'elle avait fait…

Elle devait coûte que coûte parler à Violet. Elle ne pouvait pas condamner sa sœur sans lui donner la possibilité de se défendre, tout de même.

— Je vais bien, réussit-elle à dire. Je pensais à Natalia. Tu as déménagé à Londres pour elle ?

Durant trois ans, elle avait pris Andreas pour un monstre, alors qu'il n'avait agi que pour protéger la jeune fille.

— Ma sœur avait choisi pour sa fille un excellent internat à Londres. J'ai acheté à Tanya et à son mari une maison à proximité pour que Natalia puisse passer les week-ends chez elle. Lorsqu'ils sont décédés, j'ai déménagé à Londres et laissé Natalia dans son école. Je ne pouvais pas lui imposer plus de bouleversements.

Il avait donc préféré se déraciner et déménager dans une ville qu'il n'aimait pas particulièrement et dont il détestait le climat.

— C'est pour cette raison que tu dis avoir attendu quinze ans pour être libre ? Tu t'es occupé de tes parents, avant de prendre soin de Natalia ?

— Ma nièce est à l'université maintenant, mes parents sont heureux et bien installés… Je veux désormais passer autant de temps que possible là où le soleil brille et vivre comme je l'entends. Notre mariage diffère un peu mes projets, mais voir ton joli visage tous les jours pendant six mois devrait rendre l'attente plus douce.

— Comment peux-tu dire ça alors que j'ai essayé de te détruire ?

— Vivre avec moi est le prix que tu devras payer pour racheter ta faute. Ensuite, nous serons quittes.

— Et ce qui s'est passé cette nuit ?

Il la dévisagea longuement.

— Cela n'a rien à voir. Je ne m'excuse pas de te désirer, comme tu ne dois pas t'excuser de me désirer. L'attirance physique n'est en aucun cas rationnelle. Je t'ai voulue dès l'instant où tu es entrée dans mon bureau, et la porte de ma chambre te sera toujours ouverte. À toi de décider si tu veux la franchir.

Il ne pouvait être plus clair.

Andreas ne ferait pas le premier pas. Si elle voulait que leur mariage soit un peu plus qu'un simple bout de papier, ce serait à elle d'aller vers lui.

Cette pensée aurait dû la rassurer, pourtant ce ne fut pas le cas. Au contraire. Carrie était certaine d'une chose : en présence d'Andreas, elle perdait tout contrôle.

Une caresse, et elle s'embrasait tout entière.

# 11.

Andreas avait emmené Carrie faire les magasins dans un quartier chic de la capitale où s'alignaient les boutiques de créateurs et les cafés branchés. Si les boutiques n'étaient pas comparables à celles de Londres et de Paris, au moins le personnel était-il souriant et courtois.

Lorsqu'ils rentrèrent à la villa en fin d'après-midi, le jardin avait été transformé comme l'avait demandé Andreas et une odeur de charbon de bois emplissait l'air. Les nouveaux employés qu'il avait embauchés étaient décidément très professionnels.

— Je croyais que tu ne savais pas faire la cuisine, fit Carrie lorsqu'il posa deux steaks sur le barbecue tout neuf.

Assise à la table du jardin, ses longues jambes étendues devant elle, elle portait une robe bustier vert menthe et une étole crème autour de ses épaules. Sans soutien-gorge sous sa robe, Andreas en était certain.

— Je sais tout de même griller un steak, rétorqua-t-il en souriant. Pourquoi ne te rends-tu pas utile en sortant une bouteille de vin du réfrigérateur ?

— Parce que je ne suis plus ta servante, peut-être ?

— Cela ne te dérange pas que je fasse tout le travail, pendant que tu restes assise là à ne rien faire ?

— Non, confirma-t-elle en admirant les plats de salades et de riz disposés sur la table joliment présentée.

— S'il te plaît, ajouta Andreas d'un ton insistant.

Elle fit semblant de réfléchir à la question, puis se leva.

— Bon, d'accord. Quel vin veux-tu ?

— Il n'y en a qu'une sorte dans le réfrigérateur.

Elle entra dans la maison en marchant d'un pas guilleret qu'il ne lui avait jamais vu. Sa plaisanterie sur le fait qu'elle n'était plus sa servante lui fit penser à leur séjour aux Seychelles. C'était la première fois qu'elle y faisait allusion.

Cela ne faisait que trois jours qu'ils étaient à Agon et le changement en elle était spectaculaire.

La veille, ils avaient visité l'île, admirant son riche patrimoine et ce qu'Andreas considérait comme étant le palais le plus beau du monde. Ils avaient déjeuné dans de petits restaurants, parlant de tout et de rien. Ils s'étaient rapprochés, mais Carrie restait méfiante, il le sentait. Elle évitait son regard et s'empourprait dès qu'il posait les yeux sur elle. Le soir, elle avait marmonné un bonsoir, avant de filer dans sa chambre.

Il ne l'avait pas touchée une seule fois, pas plus qu'il n'avait flirté avec elle.

S'il la désirait comme un fou, Andreas attendait qu'elle fasse le premier pas. Il voulait qu'elle se donne à lui corps et âme.

Aujourd'hui, elle l'avait accueilli au petit déjeuner avec un sourire sincère qui avait transpercé son cœur. Lorsqu'il l'avait amenée en ville afin de lui acheter une robe pour le mariage de son cousin, il s'était préparé à ce qu'elle refuse qu'il paie le vêtement. Mais il avait argué qu'elle assistait à ce mariage sur son invitation et qu'il était donc normal qu'il l'habille pour l'occasion. À son grand étonnement, elle s'était rangée à son avis, exigeant toutefois qu'il ne lui offre rien d'autre.

Andreas admirait l'indépendance de Carrie, même si son

entêtement pouvait être exaspérant. Sans doute y avait-il une raison à son attitude et il la découvrirait tôt ou tard.

Elle revint avec le vin au moment précis où il jugeait les steaks cuits à point. Il les déposa dans leurs assiettes respectives, puis s'assit.

Elle le surprit une fois de plus quand elle le laissa lui verser un verre. Le seul alcool qu'elle avait bu en sa compagnie était un verre de whisky, la nuit où la vérité avait été dévoilée.

— *Yamas*, dit-il en levant son verre. Cela veut dire « santé ».

Elle trinqua avec lui, but une gorgée de vin.

— Je ne suis pas une experte en vin blanc, mais celui-ci est délicieux.

— J'espère bien, vu le prix ! Je le fais livrer directement chez moi. La caisse est arrivée cet après-midi.

Elle but une nouvelle gorgée.

— C'est vraiment très bon. Et tu le fais importer dans toutes tes maisons ?

Il hocha la tête, l'air amusé.

— Je ne me drogue pas, je ne fume plus… Le bon vin et le whisky ancien sont mes seuls vices.

— Tu fumais ?

— Encore quelque chose que ton enquête sur moi n'a pas révélé ?

Comme il ponctuait sa question d'un clin d'œil, Carrie ne put s'empêcher de sourire. Elle avait du mal à croire qu'ils pouvaient désormais plaisanter sur ce sujet sensible.

Andreas s'était joué d'elle pour la punir, puis il avait exigé qu'elle l'épouse pour protéger sa réputation et ses affaires, mais il ne lui tenait pas rigueur de ses mensonges. Il n'était pas homme à se formaliser outre mesure, peut-être parce qu'il n'en ressentait pas le besoin. S'il y avait un problème, il le réglait aussitôt avec les moyens qu'il jugeait nécessaires.

Sans être un ange, loin de là, il n'était pas non plus un monstre comme la plupart des hommes riches qu'elle avait rencontrés au cours de ces dernières années. La patience n'était pas son point fort, mais il n'était pas pour autant gâté.

— Je fumais quand j'étais gamin. J'étais obsédé par tout ce qui était américain et fasciné par les vieux films des années 1970, où les héros fument et roulent à moto. Je voulais être Steve McQueen, admit-il en éclatant de rire. Tout ce que je pouvais m'offrir à l'époque était un vieux scooter, mais les cigarettes étaient faciles à trouver. Je croyais être le garçon le plus cool de Gaios, roulant sur mon vieux scooter, sans casque et une cigarette au bec. Ma pauvre mère s'est fait des cheveux blancs !

Son autodérision et son amusement manifeste étaient contagieux, et Carrie rit de l'image qu'il dépeignait.

Lorsqu'elle s'était lancée dans cette entreprise, elle n'avait pas soupçonné une minute qu'Andreas puisse être de si bonne compagnie. Après tout, elle ne lui avait parlé qu'une fois au téléphone par le passé — une conversation brève et concise, comme celle que l'on a avec un directeur de banque. Et lors de leur rencontre, devant le bureau de la directrice, il exsudait une puissance menaçante qui lui avait fait peur.

Oui, Andreas avait un côté sombre, qui ressortait uniquement quand ses proches étaient menacés.

Qu'est-ce que cela ferait d'être aimée par cet homme ? Carrie fronça les sourcils. Elle ne devait pas se laisser aller à de telles pensées. Andreas était riche et puissant, séduisant. Il représentait tout ce qu'elle détestait, tout ce qu'elle craignait. Et il s'était montré honnête avec elle : il voulait rester libre et ce qu'ils partageaient ici, maintenant, était purement de circonstance. Ce qu'elle ressentait pour lui était le résultat de leur proximité forcée. Quand tout ceci serait terminé, elle s'en irait. Andreas serait hors de sa vue et hors de ses pensées.

— Tu sembles avoir été un véritable casse-cou, dit-elle en repoussant son assiette.

Captivée par le récit d'Andreas, elle avait mangé la moitié de son steak sans même s'en rendre compte.

— J'empoisonnais la vie de mes parents, admit-il, mais j'étais aussi la prunelle de leurs yeux, donc je m'en tirais à bon compte.

— J'étais une petite fille très sage.

— Vraiment ? dit-il en remplissant leurs verres.

— Pourquoi as-tu l'air si surpris ?

Il l'étudia en sirotant son vin.

— Non, je ne suis pas surpris.

— Parce que j'étais vierge ?

Voilà. Elle l'avait dit et se détendit aussitôt.

— Cela ne laisse pas entendre une vie débridée, confirma-t-il lentement, le regard rivé au sien.

— Je n'en ai jamais eu l'occasion. On a annoncé à ma mère qu'elle avait un cancer quand j'avais treize ans. J'ai dû prendre soin de Violet — elle a sept ans de moins que moi. Sans doute ai-je réprimé mes désirs… Je n'ai jamais été bien dans ma peau. C'est bizarre, d'ailleurs, car ma mère était ravissante. Même lorsqu'elle était sous intraveineuse et branchée à des machines, les médecins flirtaient avec elle. Les hommes l'adoraient.

— Étais-tu jalouse d'elle ?

— Non, dit-elle en secouant la tête. Elle me faisait plutôt de la peine. Elle s'est mariée deux fois et a eu toute une série de petits copains. Aucun d'entre eux ne l'a bien traitée.

— Et tu croyais que tous les hommes étaient ainsi ?

— Non, je pensais que ses goûts en matière d'hommes étaient terribles.

Andreas rit, mais elle lut aussi de la compassion dans son regard.

Carrie n'avait pas parlé de sa mère depuis longtemps et cela lui fit le plus grand bien. Elle était une reine aux yeux de ses filles, une femme qui adorait ses enfants et n'avait pas peur de le leur montrer.

— Il y a des hommes bons, dit-elle doucement en fixant son regard hypnotique qui ne lui faisait plus peur.

Ce qu'elle y lut… Il la désirait autant qu'elle le désirait.

— Mon grand-père était un homme bon, poursuivit-elle. Il était pauvre. Humble. Pas arrogant comme les hommes avec lesquels ma mère sortait. Elle adorait tout ce qui brillait et, lorsqu'elle trouvait un homme riche, elle le faisait manger dans sa main d'un battement de cils.

— Ton père était donc un homme riche ?

— En fait, il fut le seul pauvre, parmi les conquêtes de ma mère. Il n'avait même pas de travail ; ils étaient à l'école lorsqu'ils se sont rencontrés. Ma mère avait dix-sept ans à ma naissance.

— Un accident ?

— Ma mère disait toujours que j'étais le meilleur accident qui ait pu lui arriver. Elle le disait en m'embrassant et en me chatouillant jusqu'à ce qu'on rit aux larmes.

Le cœur noué, Andreas écoutait Carrie s'ouvrir peu à peu. Ses yeux brillaient d'une façon qu'il n'avait encore jamais vue, son amour pour sa mère transparaissant dans son regard.

Que ressentirait-il si ces yeux brillaient d'amour pour lui ?

— Ils se sont mariés lorsqu'ils se sont aperçus qu'elle était enceinte mais se sont séparés peu après ma naissance. Mon père a déménagé après leur séparation, donc je ne l'ai pas beaucoup vu ensuite, mais il n'a jamais oublié mon anniversaire et vient me rendre visite plusieurs fois par an à présent. J'ai toujours su qu'il m'aimait. Il est jardinier en chef au Manoir Hargate, ajouta-t-elle avec un sourire malicieux.

Il éclata de rire à ce coup de théâtre inattendu.

— Ce lieu existe donc vraiment ?

— J'y suis allée plusieurs fois. C'est magnifique.

Andreas but une nouvelle gorgée de vin tout en l'étudiant. Elle l'ensorcelait. De fait, elle l'avait ensorcelé dès l'instant où elle était entrée dans son bureau.

— Tu es si belle, dit-il d'une voix rauque.

Elle sourit, d'un sourire qui lui coupa le souffle et lui donna l'impression de pouvoir aller sur la lune.

— Tu me rends belle.

Leurs regards restèrent rivés l'un à l'autre un long moment. Puis elle se leva, faisant tomber à ses pieds l'étole qui couvrait ses épaules. Elle n'y prêta pas attention, son regard étincelant passant par toute une gamme d'émotions.

Lentement, elle s'approcha de lui. Andreas ne pouvait plus respirer.

Ses mains élégantes capturèrent son visage, alors que ses doigts fins caressaient sa joue. S'inclinant vers lui, Carrie pressa le bout de son nez contre le sien, les yeux clos.

Puis elle effleura ses lèvres des siennes.

— Tu me rends belle, répéta-t-elle à son oreille.

Carrie était faite pour lui, songea-t-il, troublé. Et elle était à lui. Aucun homme ne l'avait goûtée avant lui. Et aucun autre homme n'aurait cette chance…

— Je me sens femme grâce à toi, murmura-t-elle, avant de capturer ses lèvres en un baiser torride.

Cette étreinte était différente de celle qui les avait unis aux Seychelles. Il n'y avait aucune retenue dans ces gestes, cette fois. Pas de faux-semblant, pas de haine et pas de colère.

D'un seul mouvement, il l'attira sur ses genoux et, lorsque les fesses de Carrie pressèrent son érection, le désir le terrassa.

Dans une frénésie de baisers, ses seins moelleux écrasés contre son torse, Carrie s'agrippa à lui. Ses ongles griffaient son cou, sa langue chaude effleurait ses joues et sa mâchoire, faisant naître en lui de délicieux tourments.

Il répondit à son assaut avec la même ferveur, parcourant de ses mains sa peau brûlante, la faisant frémir et se blottir contre lui à chacune de ses caresses.

Malgré leur proximité, elle trouva les boutons de sa chemise et tira sur les pans pour dévoiler son torse qu'elle se mit à caresser. Lorsqu'elle trouva la ceinture de son pantalon, elle n'hésita pas à tirer dessus mais, comme la sangle lui résistait, elle posa sa main sur son érection pour le caresser à travers le tissu.

Il gémit sous l'effet de ses caresses affriolantes, puis effleura de sa langue les contours de sa bouche. Elle avait les yeux ouverts, mais le regard brumeux. Un regard qui manqua lui donner un orgasme.

D'un seul mouvement, il la hissa sur la table et se tint entre ses cuisses écartées. Vibrante de désir, elle le dévisagea, puis fit glisser sa robe jusqu'à sa taille.

Elle ne portait pas de soutien-gorge. Ses seins ronds comme des fruits mûrs luisaient au clair de lune.

Incapable de résister à la tentation, il inclina la tête pour aspirer un téton dans sa bouche. Le cri qu'elle laissa échapper se mua en gémissement lorsqu'il lui prodigua toute son attention, l'embrassant, le mordillant, le léchant...

Lorsqu'il glissa sa main sur l'une de ses cuisses, jusqu'à la découvrir chaude et humide, ce fut lui qui laissa échapper un râle.

Abandonnant ses seins, il l'embrassa passionnément sur la bouche et elle répondit à son baiser, tandis qu'une fièvre grandissante se propageait entre eux. Il glissa un doigt sous l'élastique de sa culotte, et elle souleva les hanches pour l'aider à la faire glisser le long de ses jambes.

Avec impatience, Andreas jeta la culotte au sol, puis

sortit un préservatif de la poche de son jean. Carrie défit son pantalon et le baissa fiévreusement, libérant son sexe.

Le préservatif sitôt enfilé, Andreas attira Carrie au plus près de lui et, d'un mouvement puissant, la pénétra. Elle l'accueillit en elle avec ardeur, les yeux illuminés d'une lueur ensorcelante.

Ils s'abandonnèrent alors à des ébats sauvages. Les gémissements de Carrie augmentaient sa propre excitation. Et, quand son joli corps fut secoué par les spasmes du plaisir, il ne tarda pas à la rejoindre dans la jouissance.

Bientôt, leurs deux corps s'apaisèrent et, tandis qu'il écoutait les battements du cœur de Carrie, Andreas fut frappé par l'évidence.

Carrie lui appartenait.

# 12.

En proie à une nervosité croissante, Carrie s'efforçait d'appliquer du mascara sur ses cils, mais sa main tremblait.

Le cousin d'Andreas se mariait dans trois heures. Andreas était donc allé chercher ses parents et sa nièce à l'aéroport pour les déposer à l'hôtel où se tenait la réception et où toute la famille logerait. C'était apparemment une tradition familiale que les mariés prennent leur premier petit déjeuner sous le regard de leurs proches.

Dieu merci, Andreas et elle se marieraient à la mairie de Chelsea, entourés de leurs seuls témoins.

Carrie était terrifiée à l'idée de rencontrer les parents d'Andreas, mais plus encore de revoir Natalia. Ce ne serait pas bien difficile pour elle de feindre d'être amoureuse d'Andreas. Après tout, elle ne pouvait s'empêcher de le toucher sans arrêt.

Tout avait changé le jour où elle avait décidé de cesser d'avoir peur. Elle avait arrêté de lutter contre le désir, s'autorisant à vivre dans les bras d'Andreas le plus grand des plaisirs.

Carrie avait enfin découvert les joies du sexe, à l'âge de vingt-six ans. Et son corps semblait résolu à rattraper le temps perdu ! Fort heureusement, elle avait six mois devant elle pour étancher sa soif.

Elle finissait de se maquiller lorsque son téléphone sonna.

Elle sourit en se souvenant comment Andreas l'avait délibérément tenue isolée du monde aux Seychelles.

Son sourire s'effaça lorsque le nom de sa sœur s'afficha sur l'écran. Carrie lui avait laissé trois messages au cours de la semaine passée. Violet avait toujours été douée pour l'ignorer quand elle ne voulait pas lui parler.

Prenant une profonde inspiration, elle décrocha.

— Salut, Vee. Comment vas-tu ?

— Est-ce que c'est vrai ?

Le cœur de Carrie se serra.

— Quoi ?

— Est-ce vrai que tu sors avec Andreas Samaras ?

— Oui, c'est vrai, soupira-t-elle.

À cause d'elle et de ses mensonges, songea Carrie.

— Tu sais pourtant ce qu'il m'a fait, non ?

Après seulement trois mois en Californie, sa sœur avait déjà pris l'accent américain, nota Carrie.

— Violet… Vois-tu toujours le psychologue ?

— Réponds à ma question.

— Je le ferai quand tu auras répondu à la mienne. S'il te plaît, dis-moi que tu le vois encore.

— *La* vois, corrigea Violet. C'est une femme.

— Je croyais que tu voyais un homme.

— C'était le cas, mais nous avons décidé que ce serait plus facile pour moi si je voyais une femme, expliqua Violet d'une voix plus douce.

— Et c'est le cas ?

— Oui. Elle est gentille et ne porte pas de jugement.

— J'en suis heureuse, déclara Carrie, s'efforçant de ne pas prendre cette remarque pour elle.

— Bon, maintenant, réponds à ma question. Tu sais ce que cet homme m'a fait ?

— Il ne t'a rien fait, Vee, n'est-ce pas ? dit-elle doucement, la bouche sèche. Il n'a pas fait ce dont tu l'accuses, il ne t'a pas piégée. La drogue était bel et bien la tienne.

Cela ne change pas ce que je ressens pour toi, Vee. Je t'aime toujours.

Le silence s'éternisa, mais sa sœur était toujours là.

— Je suis désolée que tu ne m'aies pas fait assez confiance à l'époque pour me dire la vérité mais, je t'en prie, ne t'enferme pas dans le mensonge. Parles-en à la psychologue. Tu as été traitée de façon terrible par James, mais Andreas n'est pas James. Il n'a rien à voir avec lui. Je t'aime, Violet. Je te pardonne. Je t'en prie, trouve un moyen de te pardonner à ton tour.

Cette fois, la communication fut coupée. Violet lui avait raccroché au nez.

— C'était ta sœur ?

Dans un sursaut, Carrie fit volte-face. Elle n'avait pas entendu Andreas entrer, absorbée par sa conversation avec Violet.

Debout dans l'embrasure de la porte, vêtu de son smoking, il la regardait, une expression sombre sur son beau visage.

Elle acquiesça.

— Ce que tu as dit..., commença-t-il. Tu me crois, alors.

Elle acquiesça à nouveau.

— Depuis quand ? demanda-t-il encore.

— Depuis que tu m'as donné ta version des faits, souffla-t-elle en baissant la tête. Je n'ai pas réussi à admettre mon erreur : Violet est mon talon d'Achille. Elle l'a toujours été.

— Pourquoi voit-elle un psychologue ? s'enquit Andreas après une légère pause.

— Parce qu'elle est toxicomane.

N'y tenant plus, Carrie s'affala sur une chaise et éclata en sanglots.

Saisi par la détresse de Carrie, Andreas sentit son cœur se serrer. Il s'agissait de gros sanglots, et chacun d'eux lui transperçait l'âme. Il la rejoignit en trois enjambées, s'agenouilla devant elle et la prit dans ses bras, caressant son dos, tandis que ses larmes mouillaient sa chemise.

Il s'écoula beaucoup de temps avant qu'elle ne s'apaise et lève ses yeux rougis vers lui.

— Ma sœur est en soins aux États-Unis chez son père, car un de ses pourvoyeurs de drogue l'a battue si fort qu'elle a sombré dans le coma, dit-elle, le visage couvert de larmes. Elle a failli mourir.

Stupéfait, Andreas mit un moment pour réagir.

— Ce salopard de Thomas n'a pas fait que la séduire. Il en a fait une toxicomane, lâcha-t-elle en soupirant. J'ai dû être aveugle. Je n'avais aucune idée de la situation avant son renvoi. Plus tard, je l'ai trouvée au lit avec un homme bien plus âgé qu'elle. Il y avait de la drogue sur le sol… Elle a eu beau nier, j'ai compris qu'elle s'était prostituée pour payer sa came. Elle n'avait pas d'argent, son père lui ayant coupé les vivres après son renvoi, et elle refusait de travailler. J'étais moi-même jeune diplômée et ne gagnais pas grand-chose.

Il se leva et glissa une main nerveuse dans ses cheveux.

— Pourquoi n'était-elle pas à l'école ?

— Parce qu'elle avait été renvoyée, lui rappela-t-elle.

— Je sais, mais elle aurait pu aller dans une autre école après avoir passé ses examens de fin d'année.

— Elle n'a pas été autorisée à les passer.

— La directrice m'avait pourtant promis le contraire, s'écria-t-il, en proie à une violente colère.

— Elle t'a menti, alors. Violet n'a pas été autorisée à remettre les pieds à l'internat. J'ai voulu l'inscrire ailleurs, mais elle a refusé. Elle avait renoncé à la vie. Elle restait dehors jusque tard dans la nuit, sans jamais me dire où elle se trouvait. Puis elle rentrait ivre ou complètement défoncée, souvent couverte de bleus. Je la soignais en priant le ciel pour que ce soit la dernière fois. Elle a été arrêtée, hospitalisée, je ne sais combien de fois… J'ai réellement cru qu'elle allait se tuer.

Andreas s'assit sur le lit face à elle, bouleversé. Carrie avait pâli en lui relatant cette horrible histoire que personne ne devrait jamais vivre. Colère et dégoût se mêlaient en lui pour le rôle qu'il avait, sans le vouloir, joué dans ce drame.

— Je l'ai regardée se tuer à petit feu pendant trois ans, impuissante, poursuivit Carrie d'une voix si basse qu'il dut tendre l'oreille pour l'entendre. Lorsque je l'enfermais dans sa chambre, elle s'enfuyait par la fenêtre. J'ai pris rendez-vous avec des professionnels, mais elle nous riait à la figure. J'ai même jeté un sachet de cocaïne dans les toilettes, et elle m'a remerciée en me donnant un coup de poing dans la figure. Natalia a toute ma sympathie, je sais que Violet a un sacré crochet du droit.

— Carrie…

— S'il te plaît, laisse-moi finir. J'ai écouté les mensonges de Violet sans me poser de questions. En tant que journaliste, j'aurais dû vérifier mes sources et je veux que tu saches à quel point je regrette d'avoir cru toutes ces horreurs sur toi. Quand je pense à tous les mensonges que j'ai proférés dans ma quête futile et dangereuse de vengeance… J'aurais pu te causer beaucoup de tort, sur un plan professionnel et personnel. Je crois… Je crois que j'avais perdu la tête.

Tout était vrai, réalisa Carrie. Elle n'avait pas besoin de vérifier la version des faits d'Andreas. Elle savait au fond d'elle-même qu'il disait la vérité.

— Ce que tu as dû gérer ces dernières années aurait fait perdre la tête à n'importe qui.

— Tu n'aurais pas perdu la tête si tu avais été à ma place, dit-elle avec certitude. En fait, je ne te crois pas capable de perdre la tête.

— Je n'en étais pas loin quand ma sœur et son mari sont morts, admit-il. Je n'ai rien pu faire pour les sauver.

— La mort est la seule chose contre laquelle on ne peut rien faire, murmura Carrie.

— Elle a un caractère définitif, approuva-t-il. Mais la vie continue et mérite que l'on se batte pour elle. J'ai dû prendre soin de Natalia, comme toi de Violet. À ce propos, pourquoi Violet vit-elle avec son père maintenant seulement ? J'ai toujours cru qu'elle était orpheline.

— Elle aurait très bien pu l'être, vu le temps que son père lui accordait. Raymond est parti vivre aux États-Unis après son divorce. À la mort de maman, il ne voulait pas entendre parler de Violet ; il s'était remarié et n'avait pas d'enfants. Il a quand même accepté de payer son éducation — t'ai-je dit qu'il était riche ? — et de payer l'internat afin que je puisse me concentrer sur mes études pendant la semaine. Elle vivait bien sûr chez moi le week-end et durant les vacances. Il nous a versé une allocation à toutes les deux à cette fin.

— Et c'est là que tu es devenue la tutrice de Violet ?

— Oui. Il a mis le bien-être de sa fille de douze ans dans les mains d'une gamine de dix-neuf ans et s'en est lavé les mains.

Andreas poussa un sifflement. Seigneur, c'était l'âge de Natalia maintenant. Il était âgé de trente et un ans lorsqu'il était devenu le tuteur de Natalie.

— *Theos*, s'écria-t-il. Je ne savais pas que tu étais si jeune. Et son père ne voulait pas d'elle ? Pas étonnant qu'elle ait dérapé.

Il secoua la tête, effaré. Comment un homme pouvait-il tourner le dos à sa progéniture ? Natalia n'était pas sa fille et, pourtant, il était prêt à donner sa vie pour elle.

— Pourquoi est-elle avec lui maintenant, alors ?

— Je lui ai fait du chantage.

— Vraiment ? s'étonna Andreas, un sourire aux lèvres.

Elle croisa son regard et sourit à son tour.

— Cela faisait des années que je lui demandais de l'aide et il m'envoyait balader chaque fois. Violet a failli mourir après cette bastonnade, Andreas. Elle a été dans le coma pendant trois jours. J'ai craqué. Je l'ai appelé et lui ai dit que, s'il ne venait pas voir sa fille et assumer enfin ses responsabilités, je publierais une photo du corps malmené de Violet sur Internet et dirais au monde qu'il avait refusé de l'aider.

— Et cela a marché ?

— Il est arrivé le lendemain et, une semaine après, il la ramenait avec lui aux États-Unis. J'aurais dû le menacer plus tôt, mais j'étais tellement prise par le quotidien — prendre soin de Violet, chercher à me venger de James et de toi… Désolée, fit-elle avec une grimace.

— Ce n'est rien, dit-il en s'agenouillant devant elle pour lui prendre la main. Ne t'excuse pas. C'est plutôt à moi de m'excuser. J'aurais dû te prévenir, toi, et non l'école…

— Tu as fait ce qu'il fallait, coupa Carrie en pressant sa main dans la sienne. Tu protégeais Natalia. Violet aurait été expulsée tôt ou tard, de toute façon. On se serait rendu compte qu'elle se droguait. J'aurais dû m'en rendre compte. J'aurais dû voir que quelque chose ne tournait pas rond.

— Carrie…

Saisissant sa nuque, il pressa son front contre le sien.

— Tu n'as pas de reproches à te faire. Rien de ce qui lui est arrivé n'est de ta faute. Tu as mis ta vie en suspens pour l'élever et la sauver. Elle a dix-neuf maintenant, le même âge que toi quand tu es devenue sa tutrice. Tu as fait tout ce que tu pouvais pour elle, tu t'es même vengée du monstre qui l'a menée sur ce terrible chemin. Tu ne peux rien faire de plus. Je t'ai entendue dire à Violet qu'elle devait se pardonner. Tu dois faire pareil, conclut-il en l'embrassant sur le front, avant de se redresser et de se frotter les yeux.

Ce mouvement lui fit penser à son maquillage qui avait dû couler avec ses larmes.

— Le mariage de ton cousin ! s'écria-t-elle.

— Ce n'est pas grave.

— Mais si. Nous devons y aller.

Il la fixa longuement, les sourcils froncés.

— Tu t'en sens capable ? Je peux inventer une excuse si tu préfères rester ici.

— Non, ils nous attendent. Et nous devons annoncer notre propre mariage. Tu aurais l'air étrange si tu le faisais sans ta fiancée à tes côtés.

— Tu es certaine ?

Comment pouvait-elle ne pas l'être ? Elle ferait ce qu'elle devait faire. Elle réparerait ses torts. Andreas était un homme bon qui avait mis sa vie en suspens pour aider sa famille, comme elle l'avait fait pour la sienne. Il ne méritait que sa réputation soit souillée par des rumeurs et des insinuations malveillantes. Il méritait de profiter de la vie comme il l'entendait et, dans six mois, c'est ce qu'il ferait. Il pourrait aller de pays en pays, pour le travail ou le plaisir. Il pourrait boire du whisky dans des bars bordés de palmiers, coucher avec toutes les femmes qu'il désirait sans avoir à s'inquiéter d'exercer une mauvaise influence sur une jeune fille impressionnable…

À sa grande surprise, une vive douleur l'envahit à cette pensée.

— Tu vas bien ? s'enquit Andreas d'un ton anxieux.

— Oui. J'imaginais juste combien mes larmes hideuses avaient dû abîmer mon maquillage.

Il lui caressa la joue.

— Tes larmes ne sont pas hideuses et ton visage a juste besoin d'être nettoyé.

— Accorde-moi cinq minutes.

Il acquiesça et l'aida à se mettre debout. Puis, il prit son visage entre ses mains et l'embrassa. Ce fut un baiser doux et léger, mais si tendre qu'elle craignit un instant de se mettre de nouveau à pleurer.

## 13.

Une file de voitures se pressaient sur le parking de l'église. L'une d'elles avait un problème mécanique et la circulation était bloquée.

Andreas aperçut ses parents et sa nièce sur le parvis de l'église, discutant joyeusement avec les dizaines d'autres invités. Ses parents avaient tous les deux de nombreux frères et sœurs, aussi les mariages étaient toujours l'occasion de joyeuses retrouvailles.

— Pourquoi as-tu acheté une maison de vacances aux Seychelles plutôt que près de ta famille ? lui demanda Carrie. Vu la façon dont tu parles d'eux, tu les adores.

Andreas baissa les yeux sur leurs mains entrelacées, puis reporta son attention sur son visage. Elle s'était légèrement maquillée et, si ses yeux étaient encore un peu rouges et gonflés, personne ne le remarquerait. Carrie était resplendissante dans sa longue robe en soie crème aux motifs bleus.

— Je voulais un endroit loin d'eux, admit-il. Mes parents n'aiment voyager que de sur courtes distances. Les Seychelles sont trop loin pour eux.

Et il avait cru en avoir terminé avec la famille. Enfin, il avait surtout espéré pouvoir prendre ses distances de temps en temps…

— Je visais la liberté. Cela fait déjà deux ans que j'y

pense, depuis que Natalia m'a annoncé vouloir entrer en école de médecine.

Le cœur battant, Andreas laissa son regard errer sur les membres de sa famille, puis sur Carrie, puis à nouveau sur sa famille. Son père venait de murmurer quelque chose à l'oreille de sa mère, puis d'entourer tendrement sa taille de son bras.

Andreas songea à la longévité de leur mariage et à tout ce qu'ils avaient traversé : les joies comme les peines.

Pourquoi avait-il cru qu'être libre de faire ce qu'il voulait quand il le voulait valait mieux que de partager toutes ces expériences avec quelqu'un qu'il aimerait ?

Une image s'imposa brusquement à son esprit : Carrie et lui dans une quarantaine d'années, entourés de leurs enfants adultes...

Des enfants ?

Il avait cessé de désirer des enfants depuis des années. Après avoir élevé une adolescente comme sa propre fille, il était certain, convaincu, de ne pas vouloir recommencer...

— Je ne peux pas faire ça, dit-il soudain.

— Quoi donc ?

— Te présenter à ma famille comme étant ma véritable fiancée alors que ce n'est pas le cas. Je ne peux pas t'épouser dans ces conditions.

En prononçant ces mots, il fut aussitôt soulagé d'un grand poids. Sans savoir comment, il était tombé amoureux de cette vipère de journaliste. Il pouvait désormais rire du surnom qu'il lui avait attribué.

Il n'y avait en effet rien de méchant en Carrie. Sous la carapace qu'elle s'était forgée, il y avait une femme douce, gentille, indépendante et extrêmement protectrice. Lorsque Carrie aimait, elle aimait de tout son cœur.

Et lui aussi l'aimait de tout son cœur.

— Épouse-moi pour de vrai, dit-il en portant sa main à ses lèvres.

— Quoi ?

— Je suis sérieux. Épouse-moi. Pour toujours. Pas pour six mois.

— Non.

— Carrie…

— La réponse est non, dit-elle d'un ton sans appel en se libérant d'un mouvement du poignet, puis le dévisageant d'un regard méfiant. J'ai accepté pour six mois. Tu ne peux pas changer les termes de notre accord maintenant.

— Je n'en change pas les termes. Je te dis juste que je ne peux plus emprunter cette voie. Cela ne me paraît pas juste.

— Pourquoi ? Parce que j'étais vierge et que tu te sens tenu de m'épouser pour la vie ?

— Cela n'a rien à voir avec ça, même si je suis heureux d'être le seul homme avec qui tu as fait l'amour… En fait, j'ai des sentiments pour toi.

Elle lui sourit, mais son regard demeurait méfiant.

— Je ne m'engagerai pas au-delà de six mois.

— Pourquoi ? s'enquit-il.

— Si je me trouve ici, c'est pour réparer le mal que je t'ai fait, mais il n'est pas question que je sacrifie ma vie entière…

— Tu n'éprouves donc rien pour moi ? Tu ne te sens liée à moi que par une dette ?

Il avait posé ces questions d'une voix posée, ne voulant pas tirer de conclusions hâtives.

— Es-tu en train de me dire que j'ai imaginé tout ce qui s'est passé entre nous ? insista-t-il.

— Non, je n'ai rien dit de la sorte, riposta-t-elle d'un ton désespéré. Mais tu ne peux pas me faire une telle proposition et t'attendre à ce que je te dise oui sur un coup de tête.

— Ce n'est pas ce que je te demande, soupira-t-il. De combien de temps as-tu besoin pour réfléchir ?

— Je n'ai pas besoin de réfléchir, répondit-elle. Nous nous marions pour six mois, nous divorçons et chacun retourne à sa propre vie.

— Je ne veux plus de cette vie. Vivre avec toi… Je n'ai peut-être pas changé, mais j'ai compris que je voulais partager ma vie avec quelqu'un.

— Tu veux donc une femme toujours présente à tes côtés pendant que tu poursuis ta vie somptueuse. Comme je suis disponible et que tu dois de toute façon m'épouser, je peux faire l'affaire ? Comment suis-je censée faire avec mon travail ? Tu t'attends peut-être à ce que je démissionne ?

— Je n'exigerai jamais ça de toi, riposta Andreas, sentant la colère le gagner peu à peu.

Il ne s'était certes pas attendu à ce qu'elle accepte tout de suite sa proposition, mais il pensait qu'elle se montrerait au moins réceptive à l'idée. Il avait eu le coup de foudre pour Carrie dès l'instant où elle était entrée dans son bureau. Il avait cru à tort qu'elle partageait ses sentiments.

— Voilà ce dont nous étions convenus : nous passerons les six mois de notre mariage à Londres, puis tu pourras déménager à Athènes — seul.

— Et si je m'installais définitivement à Londres, avec toi ?

— La réponse est toujours non. Je ne veux pas t'épouser. Je payerai ma dette envers toi, mais c'est tout.

— Comment peux-tu être si froide ? s'écria-t-il, incrédule. Je suis prêt à tout sacrifier pour toi et tu…

— Froide ? le coupa-t-elle.

L'instant d'après, elle le repoussait violemment et se mettait à califourchon sur lui. Tenant ses poignets au-dessus de sa tête, elle colla son visage furieux au sien.

— Ne me dis pas que je suis froide ! cria-t-elle avec colère. J'ai passé ma vie à m'occuper des gens que j'aime pour finir par les perdre. J'ai soigné ma mère pendant six ans, et elle est partie. J'ai aimé et pris soin de Violet toute ma vie et pour quoi ? Elle est partie aussi ! Je donnerais n'importe quoi pour les avoir à nouveau près de moi, donc ne t'avise pas de dire que je suis froide et ne me demande pas de passer le restant de ma vie avec toi, un homme qui aspire à sa liberté et qui me brisera le cœur. Si notre mariage devait durer plus longtemps, tu te lasserais de moi. Et que se passerait-il ensuite ? Tu sortirais ton chéquier et me payerais pour service rendu — chose que font tous les hommes fortunés lorsque quelque chose de nouveau et de plus beau attire leur attention.

Le regard fixé sur elle, Andreas sentit un frisson glacé envahir son corps. Soudain, tout prenait sens.

Se libérant d'une torsion du poignet, il saisit ses mains et se redressa. Il s'était trompé à son sujet. Sous sa carapace, elle était bel et bien toujours un serpent venimeux.

— Oh ! Je comprends, dit-il lentement. Tu me prends toujours pour une richissime ordure dont le seul plaisir est de traiter les femmes comme des moins que rien.

Elle écarquilla les yeux, sa fureur disparaissant d'un coup.

— Non, non, s'écria-t-elle en secouant la tête. Je suis désolée, je ne voulais pas dire ça. Je sais que tu es différent…

— Tu en as dit assez, coupa-t-il d'une voix glaciale, avant de la libérer et de toquer à la vitre de séparation. Je descends ici. Ramenez Mlle Rivers à la villa pour qu'elle prenne ses affaires, puis conduisez-la à l'aéroport.

Il reporta ensuite son attention sur elle.

— Je vais prendre mes dispositions pour que mon jet privé te ramène à Londres. Ta dette envers moi est réglée.

Puis, sans même lui dire au revoir, il sortit de la voiture et se dirigea vers sa famille.

Carrie le regarda s'éloigner, le cœur lourd. La panique

qu'elle avait ressentie lorsque Andreas avait parlé de mariage avait disparu, remplacée par un terrible sentiment de vide.

Se frottant les poignets, elle regarda la foule joyeuse sur le parvis de l'église, sans vraiment y prêter attention. Elle ne songeait plus qu'au regard haineux qu'Andreas lui avait lancé avant de la quitter. Jamais il ne l'avait regardée ainsi. Pas même quand elle lui avait avoué la vérité.

Elle venait de briser les projets qu'ils avaient formés. Leur relation était désormais terminée.

Sirotant son whisky, Andreas parcourait les e-mails que Debbie lui avait transférés, tout en gardant un œil sur la pendule. Un vieil ami qu'il avait connu lors de ses années à Manhattan devait arriver d'un instant à l'autre. Comme de coutume, ils avaient décidé de se rencontrer dans leur « bistro préféré », comme aimait l'appeler Frank.

— Désirez-vous un autre verre, monsieur ?

Il leva les yeux de son écran pour regarder la jeune et jolie serveuse qui s'était occupée de lui dès son arrivée. Il était encore tôt, mais ce soir se tenait le match d'ouverture de la saison de base-ball et les lieux étaient un repère de fans des Yankees. Frank et lui auraient une heure devant eux avant que le bar ne se remplisse.

— Ça va pour le moment, merci, dit-il avec un sourire. Je vous ferais savoir si je désire autre chose.

— N'hésitez pas, dit-elle en lui lançant un clin d'œil, avant de s'éloigner.

Reportant son attention sur son smartphone, il se réprimanda pour avoir gâché une occasion de flirter avec la serveuse. Elle était pourtant l'exemple parfait de ce qu'il avait eu hâte de découvrir durant toutes ces années : une occasion de s'amuser en toute simplicité. Andreas était désormais libre de faire ce qu'il voulait quand il le voulait. Natalia avait annoncé lors du mariage de son cousin qu'elle emménageait avec son petit copain. Un petit copain qu'elle avait oublié de mentionner à son oncle avant d'être sûre de son choix. Andreas lui avait souhaité bonne chance et avait même réussi à instiller de la sincérité dans sa voix.

Qui sait, peut-être seraient-ils heureux ? songea-t-il cyniquement en buvant une nouvelle gorgée de whisky. Et, si ce n'était pas le cas, il serait là pour ramasser les morceaux.

Pour l'heure, le principal était qu'il était enfin libre. Il n'avait même plus à s'inquiéter de sa fiancée factice. Dieu seul savait ce qu'il ferait si les rumeurs le concernant prenaient de l'ampleur. Il avait quitté la vipère depuis maintenant six jours et avait ordonné à Debbie de vérifier régulièrement dans la presse si son nom y était associé à un quelconque ragot. Pour le moment, tout était calme. Peut-être que leur brève liaison avait suffi à lever les soupçons qui pesaient sur lui.

La serveuse retint à nouveau son attention. Elle était décidément très jolie avec ses magnifiques cheveux blonds et son sourire étincelant. L'Américaine dans toute sa splendeur. Carrie aussi était blonde la première fois qu'il l'avait rencontrée…

Inspirant profondément, il avala d'un trait son whisky. Il ferait mieux de l'oublier.

À peine avait-il posé son verre que la serveuse lui en apportait un autre.

— D'où êtes-vous ? demanda-t-elle en s'attardant.

— Grèce, répondit-il en lui retournant son sourire, s'efforçant de ressentir quelque chose.

— La Grèce ? J'ai toujours voulu me rendre là-bas.

Elle était si proche qu'il pouvait sentir son parfum floral. C'était agréable, mais il ne ressentait toujours rien.

La fragrance de Carrie avait mis ses sens en émoi. Soudain, des souvenirs qu'il avait refoulés lui revinrent à l'esprit : l'ardeur de ses baisers, le mouvement de ses lèvres lorsqu'elle parlait, la façon dont elle souriait au réveil…

La façon dont elle avait pleuré sur son épaule et s'était accrochée à lui comme à une bouée de sauvetage quand ses émotions avaient pris le dessus…

Carrie…

— Comment vous appelez-vous ? demanda la jeune femme.

— Carrie.

— Pardon ?

Il cligna des yeux, tandis que la serveuse le dévisageait avec étonnement.

Il avait dit son nom à haute voix. Carrie.

Sa Carrie terrifiée, qui avait passé sa vie à voir sa mère puis sa sœur abusées par des hommes riches.

Ses baisers ne mentaient pas, pas plus que sa manière de faire l'amour. Son esprit blessé, si.

— Son nom est Carrie. La femme que j'aime, précisa-t-il.

Il ne lui avait pas dit qu'il l'aimait, gardant cette information pour lui, lorsqu'elle l'avait si violemment rejeté. Pourquoi n'avait-il pas vu la peur au fond de ses yeux plutôt que de laisser ses paroles blessantes l'atteindre ? Pourquoi n'avait-il pas déposé son cœur entre ses mains ?

La raison en était simple. Comme le dirait sans doute la jolie serveuse, il était un imbécile.

Se levant, il sortit des billets de sa poche et les donna à la jeune femme.

— Si un homme grand et chauve du nom de Frank demande Andreas, dites-lui que j'ai dû partir.

Sur ces mots, Andreas se précipita hors du bar, puis héla un taxi qui le conduirait à l'aéroport.

# 14.

Avec un sourire, Carrie referma son ordinateur portable. La conversation vidéo qu'elle venait d'avoir avec Violet lui avait un peu remonté le moral — la première discussion sincère depuis que sa cadette avait admis avoir eu une liaison avec James.

Violet avait suivi ses conseils et avoué ses mensonges à propos d'Andreas à sa psychologue, qui lui avait aussitôt conseillé d'appeler Carrie. Voir le visage de sa sœur sur l'écran lui avait fait presque autant plaisir que la conversation elle-même. Violet avait pris du poids. Disparus, le corps décharné et le teint cadavérique, même si les stigmates de son passé de toxicomane étaient toujours visibles.

Dieu merci, Raymond prenait soin d'elle. Après avoir été un père si négligent, il avait soudain pris son rôle à cœur et s'occupait désormais au mieux de sa fille.

Dans l'ensemble, les choses allaient mieux.

Violet avait gentiment pris des nouvelles de Carrie, et s'était dite navrée d'apprendre la fin de sa relation avec Andreas.

« — Je pensais que notre séparation te ferait plaisir, avait dit Carrie.

— Je veux juste que tu sois heureuse, avait répondu sa sœur en se mordillant les lèvres comme leur mère le faisait.

— Je suis heureuse, avait assuré Carrie. »

Violet n'avait pas eu l'air convaincue.

Au bureau, Carrie avait montré un visage insouciant, expliquant à ses collègues qu'Andreas et elle avaient eu une brève liaison mais qu'ils avaient désormais rompu. Hélas, son rédacteur en chef lui avait réclamé l'interview exclusive d'Andreas, qu'elle avait complètement oubliée. Elle lui avait promis de la lui remettre au plus vite.

Il était donc temps de s'y atteller, décida Carrie en rouvrant son ordinateur. Elle n'avait pris aucune note de leurs conversations mais n'avait rien oublié. Elle écrirait l'article, l'enverrait à Andreas pour approbation, puis le transmettrait à son éditeur.

Elle ferait en sorte que le nom d'Andreas soit blanchi.

Même s'il la détestait.

Jetant un coup d'œil à sa montre, elle laissa échapper un bâillement.

1 heure du matin.

C'était samedi.

Le jour supposé de leur mariage.

Prenant une profonde inspiration, elle ouvrit un nouveau document. L'heure importait peu. Elle avait à peine dormi plus de quelques heures depuis son retour à Londres. Les nuits étaient devenues un véritable cauchemar, tant elle pensait à Andreas. Il lui fallait l'oublier et aller de l'avant.

Pourtant, la douleur en elle était indescriptible. Elle avait l'impression qu'on lui transperçait le cœur.

Comme elle commençait à écrire, elle se rendit vite compte qu'elle n'avait pas besoin de notes. Chaque minute du temps qu'ils avaient partagé était inscrite en elle, chacune de leurs conversations était intacte dans sa mémoire.

Plus elle écrivait, plus tout devenait clair. Elle comprenait mieux Andreas.

Sa vie. Son altruisme.

Tout ce qu'il avait fait, il l'avait fait pour sa famille. Son immense fortune ne les protégerait pas d'une tragédie, mais ses parents étaient assurés de ne jamais manquer de rien, et sa nièce pourrait faire ses études de médecine en toute sérénité. Sa famille élargie avait aussi bénéficié de sa générosité. Andreas veillait sur les siens.

Cinq heures plus tard, Carrie s'arrêta d'écrire, épuisée, et éclata en sanglots. Elle réalisait enfin ce qu'elle avait perdu. Andreas n'avait rien d'un homme abusif, contrairement à ce qu'elle avait laissé entendre.

Elle s'était montrée violente avec lui, car sa proposition de mariage l'avait terrifiée. Il n'avait jamais prononcé les mots qu'elle rêvait d'entendre, les mots qui l'auraient fait se jeter à l'eau malgré sa peur panique. Pas une seule fois il n'avait parlé d'amour.

Cela dit, elle ne lui en avait pas donné l'occasion, rejetant d'emblée sa proposition. Craignant d'être abandonnée, elle ne leur avait laissé aucune chance d'être heureux.

Or, elle s'était trompée sur toute la ligne. Le mariage n'offre aucune garantie d'amour éternel, mais il est une promesse de bonheur partagé.

Son cœur et son instinct lui criaient qu'elle avait fait la plus grosse erreur de sa vie.

Maintenant, il était trop tard.

— Carrie, s'il te plaît. Ouvre-moi, cria Andreas en tambourinant à la porte.

— Elle est sortie.

Il se retourna vers une femme âgée, qui promenait son petit chien.

— A-t-elle dit où elle allait ?

La femme secoua la tête, tout en cherchant ses clés dans son sac à main.

— Elle est sortie en même temps que Trixie et moi, il y a environ une demi-heure.

— Savez-vous quand elle sera de retour ?

— Non. Elle était habillée sur son trente et un, donc

j'imagine qu'elle avait un rendez-vous, assura-t-elle en ouvrant sa porte. Si vous comptiez la cambrioler, je ferais attention à votre place. Elle a une alarme de sécurité très stridente.

Malgré la situation, il ne put s'empêcher de sourire.

— C'est noté !

La porte se referma brutalement.

Poussant un soupir, il s'assit devant la porte d'entrée de Carrie et se prit la tête entre les mains. Il allait devoir attendre qu'elle revienne. Où était-elle partie « habillée sur son trente et un » ?

Carrie n'était jamais « habillée sur son trente et un ». Certes, elle était toujours élégante mais de façon discrète. Il ne l'avait vue sortir le grand jeu que pour le mariage de son cousin, le jour où leur relation avait implosé.

Il y avait tout juste une semaine.

Andreas jeta un coup d'œil sur sa montre. 13 h 30. Leur mariage était supposé avoir lieu dans trente minutes…

Carrie avait-elle annulé le rendez-vous à la mairie ? Parce que si elle ne l'avait pas fait…

L'instant d'après, il courait vers la station la plus proche. Il n'avait pas pris le métro depuis une éternité, mais il s'agissait là d'un cas de force majeure. Il remarqua à peine les gens qui le bousculaient. Et s'en moquait totalement.

Quatre minutes plus tard, il arrivait à Chelsea et se hâta vers la mairie. Jetant de fréquents coups d'œil sur sa montre, il se rua dans l'escalier et entra dans la salle d'attente, attenante à la salle des mariages.

Elle était vide.

À bout de souffle, il se plia en deux.

La douleur était indescriptible.

Quel idiot il était ! Il avait permis à l'espoir de l'emporter sur le bon sens. À quoi diable avait-il pensé ? Pourquoi Carrie serait-elle venue ici ? Ses sentiments avaient été très clairs, mais lui, homme stupide et égoïste, n'avait pas été capable d'accepter la vérité et avait…

— Andreas ?

Il se figea et se retourna lentement. La porte de la salle des mariages s'était ouverte et Carrie se tenait sur le seuil, l'officier d'état civil juste derrière elle.

Elle le dévisageait comme si elle avait vu un fantôme.

La voisine avait eu raison. Carrie était bien sur son trente et un. Elle portait une robe d'été courte, une veste en cuir de couleur crème et des escarpins dans les mêmes tons.

Ses yeux étaient rougis. Elle avait pleuré.

— Que fais-tu ici ? dit-elle dans un souffle.

— Et toi ? répondit-il, n'osant croire ce qu'il voyait.

Le silence s'éternisa, tandis qu'ils se dévisageaient.

Carrie buvait du regard la silhouette haute de l'homme qu'elle s'était résigné à ne plus jamais revoir.

Après avoir terminé son article à l'aube, elle s'était brusquement mise à fouiller dans ses vêtements, à la recherche d'une tenue adéquate pour un mariage. Tout en sachant qu'elle se berçait d'illusions, elle avait décidé de se rendre à la mairie à l'heure prévue pour une noce qui n'aurait pas lieu. Rassérénée par cette idée, elle avait sombré quelques heures dans le sommeil.

Elle était arrivée bien avant l'heure dite et avait regardé un couple amoureux et la vingtaine d'invités qui les accompagnaient. Après le départ de cette famille heureuse, elle avait éclaté en sanglots. L'officier d'état civil s'était montré adorable avec elle. Il l'avait fait entrer dans la salle des mariages, lui avait offert une tasse de thé et lui avait accordé le temps nécessaire pour se ressaisir en privé.

Andreas était face à elle, à présent. Elle n'en revenait toujours pas. Soudain, il se précipita vers elle pour la serrer dans ses bras. Déjà, il l'embrassait avec frénésie, tandis qu'elle s'accrochait à lui, les larmes roulant sur ses joues.

C'était lui ! Andreas était là ! Il était venu.

— Je suis désolée, je suis désolée, je suis désolée, s'écria-t-elle en déposant une multitude de baisers sur son visage, respirant son odeur, goûtant sa peau…

Il finit par s'écarter et prit son visage entre ses mains pour la dévisager, l'air émerveillé.

— Tu es *ici*. Oh ! *matia mou*, tu es ici. Je n'osais croire…

— Je suis désolée, répéta-t-elle dans un sanglot.

— Non, mon amour, c'est moi qui suis désolé. Mon orgueil m'a empêché de te dire ce que j'avais au fond du cœur. Je veux t'épouser pour la vie parce que je ne peux me contenter de moins. Je t'aime. Tu es la femme la plus courageuse, la plus loyale et aimante que j'aie jamais connue. Tu es têtue et sexy, et j'aime tout en toi. Je veux me réveiller tous les matins à tes côtés, pour le restant de ma vie. Alors je t'en supplie, épouse-moi. Je ne peux pas vivre sans toi.

Le cœur empli de joie, Carrie couvrit ses mains des siennes.

— Je t'aime, Andreas, et je suis désolée pour… tout. Tu es une personne extraordinaire, sexy et drôle… et la manière dont tu as pris soin de ta famille… Je n'aurais jamais dû… J'avais peur.

— Je sais, dit-il en l'embrassant. Je dois apprendre à être patient. Tu sais comment je suis. Je veux toujours tout, tout de suite. Je dois accepter que nous soyons différents.

Elle rit doucement.

— Je t'apprendrai à être patient si tu m'apprends à être spontanée.

— Marché conclu.

Le baiser qu'ils échangèrent pour sceller leur accord fut interrompu par un toussotement. L'officier d'état civil les observait, un sourire aux lèvres.

— Si vous voulez toujours vous marier, je vous propose que nous passions à la cérémonie.

Andreas interrogea Carrie du regard.

— Alors ? Tu veux te lancer ?

— Je suis ici, non ?

Il lui adressa un sourire lumineux.

— Alors, allons-y.

Ils se marièrent, comme ils l'avaient prévu — ou presque. Et ils n'eurent jamais à le regretter.

# Épilogue

— Ton voile va tomber ! cria Natalia, comme Carrie s'efforçait de sortir de la limousine.

— Je ne sais pas pourquoi j'ai accepté de porter cette chose stupide, grommela-t-elle.

— Parce que tu veux faire plaisir à une vieille dame… Violet, tu peux m'aider ?

Les deux demoiselles d'honneur de Carrie arrangèrent son voile, puis inspectèrent sa tenue une dernière fois avant que la portière ne s'ouvre. Le père de Carrie lui tendit le bras, un sourire radieux sur le visage.

À peine sorties, les filles lissèrent sa robe, s'assurant qu'il n'y avait pas de plis autour de son ventre arrondi.

Carrie était enceinte de six mois. Cela faisait un an, jour pour jour, qu'Andreas et elle avaient échangé leurs vœux dans la salle des mariages de Chelsea, avec deux inconnus pour témoins.

Lorsqu'ils étaient allés annoncer la nouvelle aux parents d'Andreas, sa mère avait aussitôt éclaté en sanglots et ne s'était calmée que lorsque son fils lui avait promis qu'ils se marieraient à nouveau en bonne et due forme. Il entendait par là à l'église, entourés de toute la famille.

Carrie avait été heureuse d'obtempérer à la requête

de sa belle-mère mais, la date approchant, elle avait eu une nouvelle raison de s'exciter… plus personnelle.

Être adoptée par la famille Samaras avait été une expérience étrange, d'autant que sa propre famille était si petite… Elle n'avait pas vraiment compris à quel point la famille d'Andreas était unie avant que tous deux ne s'établissent définitivement à Agon, quelques mois plus tôt, et ne voient leur maison assiégée constamment par les tantes, oncles et cousins qui s'invitaient pour les vacances. Andreas avait fini par acheter une villa dans le voisinage pour avoir un peu de tranquillité.

Violet et Natalia faisaient de leur mieux pour raviver leur ancienne amitié et semblaient bien parties. Violet avait décidé de rester vivre en Californie et n'avait pas touché à la drogue depuis plus d'un an. C'était une bataille quotidienne, mais qui devenait tous les jours plus facile, avait-elle assuré à Carrie. Elle voulait s'en sortir et vivre sainement. Ses paroles résonnaient comme une douce musique aux oreilles de sa sœur.

Quant à Carrie, elle avait démissionné lorsqu'ils avaient déménagé à Agon. Elle en était venue à adorer sa vie là-bas, surtout sa maison et le temps ensoleillé. Quelque part en chemin, elle avait perdu l'envie de faire du journalisme d'investigation, et sa nouvelle condition maritale rendait la chose impossible, de toute façon. Son article exclusif sur Andreas avait eu un grand succès et son rédacteur en chef lui avait proposé de travailler en free-lance, sur des interviews de chefs d'entreprise et de politiciens. Avec la bénédiction d'Andreas, Carrie avait été ravie d'accepter.

Les portes de l'église s'ouvrirent, l'orgue retentit. Un bras solidement maintenu par son père, sa main libre reposant sur son bébé, Carrie marcha lentement vers son mari pour répéter face à leurs proches les vœux qu'ils avaient prononcés en privé.

Au pied de l'autel, Andreas l'accueillit avec un large sourire. Il l'aimait, elle n'en doutait plus un seul instant.

Elle n'avait jamais cru au paradis.

Et pourtant, auprès de l'homme de sa vie, elle l'avait bel et bien trouvé.

Composé et édité par HarperCollins France.

Achevé d'imprimer en avril 2019.

CPi
BLACK PRINT

Barcelone

Dépôt légal : mai 2019.

FSC
MIXTE
Papier issu de sources responsables
FSC® C108412

Pour limiter l'empreinte environnementale de ses livres, HarperCollins France s'engage à n'utiliser que du papier fabriqué à partir de bois provenant de forêts gérées durablement et de manière responsable.

*Imprimé en Espagne.*

LAngue
corail